Die kleine Missionarin

Groß in der Liebe - Klein vor Gott

www.tredition.de

Verlag und Druck: tredition GmbH, Hamburg

ISBN
Paperback: 978-3-7482-4790-6

Brigitte 1964-1975

Am größten ist die Liebe.

Brigitte war groß in der Liebe

und klein in der Demut.

Ich möchte mich kurz vorstellen. Mein Name ist Schwester Maria Faustine, geborene Gertrude Zweimüller. Ich war verheiratet und hatte 6 Kinder. Brigitte war das vierte Kind. Nachdem mein Mann 2006 verstorben ist, bin ich nach zweijähriger Witwenschaft 2008 in das Redemptoristinnen-Kloster Sankt Anna in Ried im Innkreis eingetreten.

Nachdem einige Frauen nach 43 Jahren sich immer noch an Brigitte erinnern und verehren, behaupten sie, dass Brigitte ihnen durch ihre Fürsprache schon oft geholfen hat. Wenn jemand durch Brigitte eine Gebetserhörung erfahren hat, mögen Sie es mir bitte melden.

Gott segne alle, die dieses Büchlein lesen und weitergeben.
Sr. M. Faustine

Meine Tochter Brigitte wurde am 13.3.1964 in Ried i. I. geboren und wuchs mit 5 Geschwistern auf. Brigitte war schon als kleines Kind sehr ängstlich und hilfsbedürftig. Mit ca. fünf Monaten litt sie unter starker Verstopfung und bekam Darmverschluss. Eine ganze Nacht hielt ich sie am Arm und schaukelte sie. Dadurch liebte ich sie vielleicht mehr als die gesunden Kinder. Sie war wie jedes andere Kind lustig, freundlich, liebenswürdig. Eine Tante sagt von ihr: dieses Mädchen hat nie etwas angestellt. Brigitte besuchte auch in Aurolzmünster den Kindergarten, der von Marienschwestern vom Berge Karmel geleitet wurde. Sie hörte dort schon von Gott, lernte beten, singen und spielen. Hier begann nicht nur in der Familie ihre religiöse Beziehung. Zum Schulanfang 1970 übersiedelten wir nach Ried i. I., weil wir ein größeres Haus bauten.

Sie fing dann am Riedberg die Schule an, aber die Lehrerin war sehr streng und Brigitte, immer noch sehr ängstlich, machte daher viele Fehler. In der 2. Klasse ging es ihr besser, sie hatte eine gute Lehrerin, die sie verstand und einen jungen Kapuziner-Priester, dessen 1. Priesterstelle es war, als Katechet. P. Wolfgang liebte die Kinder und bereitete sie auf die Erstkommunion vor. Er machte auf sie einen guten Eindruck, denn er hatte eine so liebenswürdige Ausdrucksweise, die sie begeisterte. In dieser Zeit kaufte ich für jede Tochter das Büchlein „Durch Maria zu Jesus". Einmal zeigte sie dieses Büchlein dem P. Wolfgang und sprach mit ihm darüber. Zu mir sagte sie: Mama seither schaut mich P. Wolfgang so lieb an. Niemand ahnte damals, dass er bald an ihrem Sterbebett sitzen wird. Die Erstkommunion war von P. Wolfgang so schön gestaltet, dass mir die Tränen kamen, er hat eine gute Rednergabe und konnte ausgezeichnet predigen.

Brigitte war sehr offen für alles, was sie von Gott hörte und las, daher lernte sie bald dieses Hingabegebet auswendig, wenn man bedenkt wie lange dieses Gebet ist und Brigitte war keine so gute Schülerin.

Mein Herr und Gott!

Es ist mein unveränderlicher Wille, Dich durch die fünfzehn geheimen Leiden und Blutvergießen zu verehren, zu loben und anzubeten.
So viel Sandkörner am Meere, so viele Körnlein in den Äckern, so viel Früchte auf den Bäumen, so viel Blättlein an den Zweigen, so viel Blumen in den Wiesen, so viel Engel im Himmel und so viel Kreaturen auf Erden sind, so viel Mal tausendmal sei gebenedeit, gelobt und verherrlicht der liebreichste Herr Jesus Christus, sein heiligstes Herz, sein kostbares Blut, das göttliche Opfer der hl. Messe, das hochwürdigste Sakrament des Altares, die allerseligste Jungfrau Maria, die glorwürdigen

Chöre der Engel und die gebenedeite Schar der Heili-
gen, von mir und allen Menschen, von nun an bis in
Ewigkeit. Ebenso viele Mal begehre ich Dir, mein liebs-
ter Jesus, zu danken, zu dienen und genugzutun. Dir alle
Schmach zu vergelten und mit Leib und Seele anzugehö-
ren. So viel Mal bereue ich auch meine Sünden und bitte
Dich, meinen Herrn und Gott, um Verzeihung, opfere
ich alle Deine Verdienste für meine Sünden, Schulden
und Strafen meines Lebens und bitte um eine glückseli-
ge Sterbestunde und rufe Dich um die Erlösung der ar-
men Seelen an. Diese Andacht will ich jede Stunde er-
neuern und bis zu meinem Tode darin verharren. Ich
bitte Dich o guter und liebenswürdigster Jesus, dass Du
diese meine herzliche Begierde im Himmel bekräftigst
und nicht gestattest, dass sie von einigen Menschen, viel
weniger vom bösen Feind je könne vernichtet werden.
Amen

Ergriffen hörte ich damals dieses Gebet von ihren Lippen. Als ich es das erste Mal hörte, konnte sie es schon
auswendig. Ich spürte, in diesem Kind steckt etwas Tie-
fes. Dieses unscheinbare Mädchen, zaghaft, bescheiden,
übertraf uns alle, und der Herr hat sich ihrer angenom-
men, ihrer Opferbereitschaft und ihrem guten Willen,
dies bekundete sie auch öfters ihren Geschwistern.

Dieses Gebet war gleichsam ein Bündnis mit Gott, das sie mit ihm schloss und Satan konnte ihr nichts anhaben, was er aber öfters versuchte.

In der 1. Klasse Hauptschule hatte Brigitte eine Franziskaner Schulschwester in Religion, durch diese Schwester wuchs ihre Liebe zu Gott und den Nächsten sehr stark. Sie schenkte alles her, was ihr bis dahin viel wert war, an ihre Mitschülerinnen weiter, z.B. Ohrringe, Ketten, Ringe etc. und stellte Gott an erste Stelle und erfüllte damit das 1. Gebot: *„Du sollst den Herrn , deinen Gott lieben aus ganzem Herzen und deinen Nächsten wie dich selbst."*

In dieser Klasse war ein Mädchen, das allen von ihren Freundschaften mit Burschen bei Nacht erzählte, während Brigitte davon erzählte, liefen ihr die Tränen herunter. Ihr tat es leid, wenn Menschen sündigten. Einmal fragte sie auch ihren Onkel K., ob er in die Kirche gehe. Er sagte, manchmal schaue ich ein wenig hinein. Brigitte antwortete weinend: *„Onkel K., das ist zu wenig."*

Gott wird nicht geliebt. Das schmerzte sie mehr als ihre leiblichen Schmerzen. Sie erkannte bald, dass Gott die Liebe ist und Jesus sein Leben für uns zur Sühne für unsere Sünden hingegeben hat.

.

Bei dieser Schulschwester entstanden auch ihre 10 Punkte:

1. Die Hl. Messe so oft wie möglich
2. Reinheit des Herzens und der Seele
3. Klein sein, demütig sein
4. Die Liebe zu Gott und den Mitmenschen
5. Fatima und Fatimakinder
6. Lourdes und Bernadette
7. Sühne und Opfer bringen
8. Gebet – Rosenkranz
9. Wertschätzung der Priester und Ordensleute
10. Fügung in den Willen Gottes

An erster Stelle war für Brigitte die Hl. Messe, dass sie dieses erkannte, war eine große Gnade, das konnte sie nicht von ihr selbst wissen. Sicher trugen Religionsunterricht durch einen jungen, eifrigen Priester und eine Ordensfrau viel dazu bei, auch durch die Eltern, aber bei ihren Altersgenossinnen fand sie keine Gleichgesinnte, auch nicht bei ihren Geschwistern. Brigitte ging gern zur Hl. Messe, auch an Werktagen ging sie manchmal mit nach St. Anna. Sie wollte auch sich mit Jesus aufopfern, sich mit ihm vereinigen, denn opfern heißt, sich hingeben, sein Leben mit Jesus hingeben aus Liebe zu Gott, der schon so viel beleidigt wurde, sagte Maria in Fatima zu den Kindern, bringt viele Opfer und Gebete für die Bekehrung der Sünder. Die Hl. Messe ist auch die Stunde, wo sie das Wort Gottes hörte, durch die Predigt des Priesters besser verstehen und danach handeln, um das Leben zu ändern. Am Anfang ist auch die Bitte um Vergebung der Sünden, der Priester spricht auch an Stelle von Jesus ein Gebet, dass die kleinen Sünden vergeben sind beim Kyrie Eleison. Die Hl. Messe ist die Feier des Todes Jesu und die Auferstehung der Toten. Brigitte spürte die große Gnade der Hl. Messe, den Frieden, die Freude über das Wort Gottes und die Gegenwart Gottes. Sie spürte wie wertvoll der Priester ist, der die Vollmacht hat, dieses Brot und den

Wein in Jeus Fleisch und Blut Jesu zu verwandeln. Brigitte kam immer wieder strahlend aus der Hl. Messe, hier war sie zu Hause, hier war sie beim Vater und Jesus durch den Hl. Geist in Liebe verbunden. Brigitte konnte daher nicht bei ihren Geschwistern und Freundinnen darüber schweigen, denn wovon das Herz voll ist, geht der Mund über, daher machte sie ständig, bei jeder Gelegenheit Apostolat bis zu ihrem Tod.

Eine Tante und eine Cousine kamen auf Besuch, sie glaubten ein weinendes Kind anzutreffen, aber das Gegenteil war der Fall, sie sprach mit ihnen über alles Mögliche, der Besuch wollte etwas über ihre Krankheit wissen, da wehrte sie gleich ab und sagte: *„Reden wir von etwas anderem."*

Ihr Leben war ihr nicht so wichtig, sie wünschte auch, dass wir für ihre Gesundheit nicht mehr beten sollen, nur um Kraft und Ausdauer im Leiden bat sie. Tante und Cousine sagten einstimmig, dass Brigitte so eine frohe Ausstrahlung hatte.

Sie war auch auf dem Krankenbett mit Jesus verbunden durch die tägliche Hl. Kommunion, die P. Wolfgang brachte und zwei Mal zelebrierte er eine Hl. Messe bei ihrem Bett, zu der viele Verwandte kamen, sodass das Zimmer voll war. Niemand hat eine größere Liebe, als der sein Leben hingibt für seine Freunde. Das ist der Kern unseres Glaubens: Jesus

Christus hat sein Blut für uns vergossen, so wie er es beim letzten Abendmahl ausgesprochen hat: *„Trinkt alle daraus. Das ist mein Blut, das vergossen wird zur Vergebung der Sünden."*

Und so hat Jesus die Sendung seines Lebens zusammengefasst: *„Der Menschensohn ist gekommen, um zu dienen und sein Leben hinzugeben als Lösegeld für viele."* Durch sein Blut haben wir die Erlösung, die Vergebung der Sünden.

„Wer mein Fleisch isst und mein Blut trinkt, hat das Ewige Leben. Und ich werde ihn auferwecken am Letzten Tag." (aus dem Madinger Glaubensbüchlein)

So hat Brigitte wie Jesus Sühne geleistet. Sühne ist das Geheimnis der Liebe Gottes, Sühne ist die Art der Liebe, Sühne ist jene Liebe, die nicht lange frägt, sondern dem Anderen hilft, Sühne rettet. Liebe will das Herz des Anderen gewinnen.

Gott will nichts anderes als unsere Umkehr, er habe schon alles bezahlt am Kreuz für uns, für dich und für mich, wir brauchen nur zur Hl. Messe kommen und unsere Erlösung abholen, den Schuldschein zerreißen, für die Erlösung danken.

Brigitte schreibt das auch in ihrem Gebet:

Hl. Mutter des Erlösers, Du
Königin, Dir geb ich all
mein Hab und Gut, denn
gute Menschen die das tun,
kommen durch Dich zu
Jesus und durch ihn in den
Himmel. Dir werden alle
Seelen anvertraut die guten
Willens sind.
Eine von denen will auch
ich sein und meiner Mutter
ewig treu sein!

2. REINHEIT DES HERZENS UND DER SEELE

„Selig die ein reines Herz haben, denn sie werden Gott schauen."

Brigitte wünschte sich ein reines Herz, dabei denke ich an ihre letzten Tage, wo sie bei P. Wolfgang beichtete und die Krankensalbung empfing. So bereitete sie sich aufs Sterben vor. Am 25. November sagte der Arzt Dr. Sengmüller abends, diese Nacht wird sie nicht überleben und so war es auch. Brigitte spürte es, ohne dass wir etwas davon sprachen. Das Bluthusten fing wieder an und ich blieb betend neben ihr, sie sagte: *„Mama ich schlafe nur ein, gib mir den Rosenkranz von P. Wolfgang"*. Das war ein silberner Rosenkranz mit eingearbeiteten Weintrauben und Blättern, er hatte ihn von seiner Mutter bekommen zur Primiz. Brigitte nahm ihn um die Hände, die sie zum Gebet faltete, mich forderte sie nochmals zum Beten auf und schickte alle hinaus, die noch im Zimmer waren, Papa, auch P. Wolfgang, nur ich allein durfte bei ihr sein, sie wurde sogar sehr laut, weil sie bleiben wollten. Plötzlich schaute sie ganz nach oben, sie sah wahrscheinlich ein Licht. Dann machte sie die Augen und den Mund weit auf, ganz erstaunt, sie sah den Himmel offen. Brigitte hielt den Atem an, so blieb sie vielleicht so lange, als man für das Glaubensbekenntnis zu beten braucht. Dann erlosch ihr Blick, die Pupillen fielen herunter, jetzt war Brigitte von uns gegangen für immer, ganz nach ihrem Wunsch. Seither habe ich keine Angst mehr vorm Sterben.

„Selig die rein sind im Herzen, denn sie werden Gott schauen."

So schreibt Papst Franziskus in seinem Buch „Freut euch und jubelt" Vatikan 2018, S 70:

*„Selig die rein sind im Herzen".*83

Diese Seligpreisung bezieht sich auf die, welche ein einfaches, reines Herz haben, frei von Schmutz. Denn ein Herz, das zu lieben weiß, lässt nichts in sein Leben eintreten, was gegen diese Liebe verstößt, nichts, was sie abschwächt oder gefährdet. In der Bibel steht das Herz für unsere wahren Absichten, also für das, was wir über das hinaus, was wir vorgeben, wirklich suchen und ersehnen: *„Der Mensch sieht was vor den Augen ist, der Herr aber sieht das Herz"* (Sam 16,7) Der Herr möchte uns zu Herzen reden (vgl. Hos 2, 16) und will sein Gesetz darauf schreiben. Letztendlich will er uns ein neues Herz schenken (vgl. Ez 36, 26)

Weiter schreibt Papst Franziskus in seinem Buch „Freut euch und jubelt", S 71: 86

Wenn das Herz Gott und den Nächsten liebt (vgl. Mt 22, 36-40), wenn dies seine echte Absicht ist und nicht leere Worte, dann ist dieses Herz rein und kann Gott schauen. Der Heilige Paulus ruft uns in seinem Hohelied der Liebe in Erinnerung: „Jetzt schauen wir in einen Spiegel und sehen nur rätselhafte Umrisse (Kor 13,12), aber in dem Maß , in dem die Liebe wirklich herrscht, werden wir fähig werden, zu schauen „von Angesicht zu Angesicht". Jesus verheißt: „Die reinen Herzens sind werden Gott schauen. Das Herz rein halten von allem, was die Liebe befleckt, das ist Heiligkeit. "

Die reinste von allen Heiligen ist unsere Mutter Maria, ihr Herz war rein, unbefleckt, ohne Sünde hat sie Jesus vom Hl. Geist empfangen, den Sohn Gottes. In Lourdes fragte Bernadette *„wie heißen Sie? "* Maria sagte: *„Ich bin die Unbefleckte Empfängnis. "*

Brigitte verehrte Maria, Mutter Maria betete sie „Dir werden alle Seelen anvertraut, die guten Willens sind, eine von denen will auch ich sein und meiner Mutter ewig treu sein.

In der Lauretanischen Litanei wird Maria auch *Mutter Du Reine* genannt.

Im Matthäusevangelium heißt es, das was aus dem Herzen kommt, macht ihn unrein (Mt 15, 18), denn von dort kommen Mord, Diebstahl, Lügen und böse Taten. Aus einem reinen Herzen kommen gute Taten, Friede, Freude, Geduld, vor allem Liebe, die alles annimmt, alles glaubt, alles hofft, alles erträgt, die Liebe hört niemals auf.

Wir wissen, dass wir einen barmherzigen Vater haben, darum hat Gott uns einen Erlöser, seinen Sohn gesandt, damit er uns im Bußsakrament von unseren Sünden erlösen kann und will, dazu schenkt er uns bei jeder Beichte durch die Reue noch die heiligmachende Gnade dazu. Allein kann sich niemand erlösen, trotz vieler guter Werke, niemand kann sich selber retten vor der Hölle.

In dem Buch „Freut euch und jubelt" steht: *„Einige Merkmale der Heiligkeit in der Welt von heute"* S 87:

Diese Merkmale, die ich hervorheben will, umfassen beileibe nicht alle, die einem Modell von Heiligkeit Gestalt geben können. Es sind jedoch fünf große Bekundungen der Liebe zu Gott und zum Nächsten, die ich besonderer Wichtigkeit erachte aufgrund einiger Gefahren und Grenzen der heutigen Kultur. In ihr zeigen sie die nervöse und heftige Unruhe, die uns zerstreut und schwächt, die negative Einstellung und die Traurigkeit und viele Formen einer falschen Spiritualität ohne Got-

tesbegegnung, die den aktuellen Religionsmarkt beherr-
schen.

Durchhaltevermögen, Geduld und Sanftmut – das 1.
Dieser wichtigen Merkmale ist, auf Gott hin, der uns
liebt und trägt, zentriert und in ihm gefestigt zu sein,
von dieser inneren Festigkeit her ist es möglich, die
Unannehmlichkeit zu ertragen und zu erdulden, die Hö-
hen und Tiefen des Lebens, aber auch die Aggressionen
der anderen, ihre Treulosigkeiten und Fehler: „Ist Gott
für uns, wer ist dann gegen uns" (Röm 8,31)

Dies ist die Quelle des Friedens, der sich im Verhalten
eines Heiligen zeigt. Ausgehend von einer solchen inneren Festigkeit besteht in unserer beschleunigten, unbe-
ständigen und aggressiven Welt das Zeugnis der Heiligkeit aus Geduld und Beständigkeit im Guten. Es ist die
Treue der Liebe, denn wer sich auf Gott stützt, der kann
auch den Brüdern und Schwestern gegenüber treu sein,
lässt sie in schlechten Zeiten nicht im Stich, lässt sich
nicht von ihrer Angst anstecken und bleibt beharrlich an
der Seite der Anderen, auch wenn ihm das keine unmit-
telbare Genugtuung bringt.

Brigitte war so ein Mensch, der ganz gefestigt war im
Glauben, der Hoffnung und der Liebe, auch in solchen
extremen Situationen blieb sie gelassen, vertraute auf
Gott, glaubte an Gott, was er im Evangelium versprach.
Daher fragte mich Brigitte: „*Mama, hat sich das Evan-*

gelium nicht irgendwer ausgedacht" Ich sagte: „Brigit-te, auf das Evangelium kannst du dich verlassen".
„Dann ist alles gut", sagte sie, lehnte sich zurück und stellte keine Fragen mehr.

Klein sein und demütig sein, wie ein Kind. Die Jünger Jesu fragten einmal Jesus: *„Wer ist im Himmelreich der Größte?"* Da rief er ein Kind herbei und sagte: *„Amen, das sage ich euch: Wenn ihr nicht umkehrt und wie die Kinder werdet, könnt ihr nicht in das Himmelreich kommen. Wer so klein sein kann wie dieses Kind, der ist im Himmelreich der Größte."* (Mt 18, 1-5)

Ja, Brigitte wollte klein sein, nicht wegen der Gestalt, denn sie wuchs in dem letzten Jahr sehr stark und war für ihr Alter groß. Nein, sie meinte ihr Innenleben, sie wurde in der Schule immer gedemütigt wegen ihrer Ängstlichkeit und Schwachheit beim Lernen. Brigitte wusste vom Magnifikat: *... denn auf die Niedrigkeit seiner Magd hat er geschaut, siehe von nun an preisen mich selig alle Geschlechter, ... die Stolzen stürzt er vom Thron und lässt die Reichen leer ausgehen.*

Sie wollte auch nichts mehr besitzen, darum verschenkte sie alles, war ihr früher wertvoll war.

Brigitte schaute und lernte auch viel von Thérèse von Lisieux.

Diese schrieb in ihrer Selbstbiografie:

In den folgenden 9 Jahren im Kloster bemühte ich mich sehr, den Willen Gottes zu erfüllen und auch meine Mitschwestern aus ganzem Herzen zu lieben. Weil ich vor Gott immer ein kleines Kind sein und auch bleiben wollte, mein ganzes Vertrauen in seine barmherzige Liebe setzte, ist mein Leben, das nur 24 Jahre währte, gelungen. 3 Monate vor meinem Sterben wurde mir Gewissheit, dass ich nach meinem Tod die Leser meiner Schriften und alle Menschen lehren sollte, den lieben Gott so zu lieben, wie ich ihn liebe und ihnen meinen kleinen Weg der geistigen Kindschaft, des Vertrauens und der restlosen Hingabe zu zeigen.

Eure Schw. Thérèse.

Die Hl. Thérèse machte auch schöne Gedichte über die Liebe Gottes, genauso Brigitte. In allem ähnelt ihr Leben ganz der Hl. Thérèse, in der Einheit, in der Kleinheit, in der geistigen Kindheit, in der Hingabe, Opfer zu bringen zur Bekehrung der Sünder. Beide betonten immer wieder, dass alles aus Liebe zu Gott und den Mitmenschen getan werden muss, denn: *„Am Größten ist die Liebe"*.

Zur Hl. Schwester Faustina sagte Jesus: *„Erwählte Seelen sind Lichter in meiner Hand, die ich in die Finsternis der Welt hineinwerfe und sie somit erleuchte, wie Sterne in der Nacht."* Von einer solchen Seele sagt Jesus weiter: *„Sie mag verborgen und sogar ihren Nächsten unbekannt sein und dennoch spiegelt sich ihre Heiligkeit in den entferntesten Seelen wider. So gewaltig ist das. "*

Heiligkeit ist ansteckend, darum ist sie nicht so begehrt in der Welt der Genusssucht, Ehrsucht, Ichsucht, Eifersucht.

Die Gott liebenden Seelen haben diese Ausstrahlung wie Brigitte, die gewaltig ist.

Beim Begräbnis am 29. November 1975 sagte P. Wolfgang immer wieder: *„Brigitte liebte Gott, sie liebte Gott, Gott war immer in ihrem Herzen."* Das Begräbnis war so schön wie eine Hochzeit. Er nahm eine Motivmesse von der Liebe Gottes. Es kamen viele Leute, drei Priester konzelebrierten die Hl Messe: P. Wolfgang, P. Markus und Pfr. Josef Trost von Aurolzmünster, P. Markus erzählte überall während ihrer Leidenszeit: *„Wir haben einen Engel am Riedberg",* wie mir die Leute erzählten. Nach dem Begräbnisgottesdienst wünschten uns die Priester kein Beileid wie die anderen Leute, sondern gratulierten uns. Ich war äußerst verwundert.

Ihre ganzen Klassenkameradinnen gingen hinter dem Sarg mit Blumen und versicherten, Brigitte nie zu vergessen und sie oft beim Grab zu besuchen. Gleich am nächsten Tag ging eine Gruppe, dabei war auch ihre Schwester Maria, singend und betend durch die Straßen bis zum Friedhof, auch viele Nachbarskinder.

Ja, Brigitte liebte Gott und alle Menschen, dadurch kann man verstehen, was geschah, durch ihre Liebe zu Jesus besonders am Kreuz, wurde sie Christus ähnlich.

Ein Bild hing bei ihrem Bett im Krankenzimmer (unserem Schlafzimmer), das sie oft betrachtete, einmal

fragte sich mich: „*Mama, was sagt dir dieses Bild?*"
Ich sah ein Kreuz ganz in Dunkeln gehüllt, genauso wie
bei der Kreuzigung Jesu, es war ein Gewitter, die Sonne
verfinsterte sich, die Erde bebte und Jesus rief: „*mein
Gott, mein Gott, warum hast du mich verlassen. Vater
in deine Hände gebe ich meinen Geist, es ist voll-
bracht.*" Die Wolken gaben ein Stück blauen Himmel
frei und am Horizont strahlte schon die Sonne mit hel-
lem Glanz, wie beim Ostermorgen. Brigitte erklärte mir,
das Bild stellt die Hl. Dreifaltigkeit dar. Gott Vater im
Blau des Himmels, Gott Sohn am Kreuz, Gott Hl. Geist,
der wie das Feuer auf die Erde fällt und das Feuer der
Liebe alle drei vereint. Sie liebte Gott in diesem Bild,
auch mit P. Wolfgang sprach sie darüber.

*Anmerkung: Auf der Rückseite des Buches sehen Sie das
Bild von Tod und Auferstehung.*

Brigitte liebte die Blumen und die ganze Schöpfung.
Als ihr jemand Blumen brachte, wehrte sie ab, keine
mehr zu bringen, es ist schade, wenn sie abgeschnitten
werden.

Zum Gutenachtgruß sagte sie immer ganz lieb zu allen: „*Gute Nacht und schlaft's alle gut.*" Obwohl sie
wusste, dass sie nicht schlafen konnte, jammerte sie
nicht und weckte niemanden auf. Gerne schlief sie auch
mit ihrer vier Jahre älteren Schwester Maria in einem

Zimmer. Nie kam ein böses Wort über ihre Lippen. Sie war wie jedes andere Kind und doch ganz anders.

Der Hl. Antonius Maria Claret sagt:

„Die wichtigste Tugend ist die Liebe, ja ich kann es nicht oft genug wiederholen, der Christ muss Gott leiben, die Allerseligste Jungfrau Maria und die Menschen. Hat er diese Liebe nicht, dann werden ihm alle anderen Fähigkeiten auch nicht helfen."

Brigitte bekam von P. Wolfgang ein Herz-Jesu Bildchen mit einem Gebet auf der Rückseite, dieses Bildchen ist schon sehr abgegriffen, denn sie betete das Gebet öfters am Tag, wie es auf der Rückseite empfohlen wird, morgens, mittags und abends.

Gebet zum Heiligsten Herz Jesu:

Heiligstes Herz Jesu, Quelle alles Guten, ich bete dich an, ich glaube an dich und bereue alle meine Sünden. Dir schenke ich dieses mein armes Herz, mache es de-*mütig, geduldig, rein und in allem Deinen Wünschen entsprechend. Gib, o guter Jesus, dass ich in Dir lebe und Du in mir lebst. Beschützte mich in Gefahren, tröste mich in Trübsal und Betrübnissen. Gewähre mir die Gesundheit des Leibes, Deinen Segen für alle Deine Werke und die Gnade eines heiligen Todes. Amen!*

Wir beteten dieses Gebet oft gemeinsam und nahmen es später in unsere Familiengebete auf. Ich betete mit den Kindern tägl. Morgen- und Abendgebete, bevor die Kinder aus dem Haus gingen „*Jungfrau Mutter Gottes mein, lass mich ganz dein Eigen sein ...*"

Der Samstagrosenkranz wurde gehalten, anfangs sogar auf den Knien.

Alle Ehre muss ich meinem Mann geben, der diese Gebete von seiner Mutter übernommen und weitergeführt hat. Brigittes Großmutter Cäcilia Zweimüller war eine fromme Frau, die Oma meinerseits, Maria Offenhuber war ebenfalls sehr fromm und gottesfürchtig.

Beide Großmütter waren nach Möglichkeit tgl. Messebesucher. Ihren Gebeten haben wir unseren Glauben zu verdanken.

Das Herz Jesu ist ja Inbegriff der Liebe Gottes. Dieser Glaube hat sich bei Brigitte nicht nur in Worten sondern in der gelebten Nachfolge Christi gezeigt. Ihre Liebe zu ihm wurde bei jeder Kommunion immer tiefer und ihre Hingabe und Vereinigung mit Jesus immer tiefer.

An einer Anbetung, wie wir es heute oft in St. Anna erleben und haben, hätte Brigitte ihre helle Freude. Seit ich im Kloster der Redemptoristinnen bin, haben wir alle Monate eine Eucharistische Stunde, die ich leiten darf. Es wird das Wort Gottes verkündet, Predigt, Anbetung, Lieder und Gebete, während der Anbetung stehen zwei bis drei Priester zum Beichte hören bereit, dann Einzelsegen und allgemeiner Segen. Die Leute können ihre Bitten und Anliegen aufschreiben und ins Körbchen werfen, einen Bibelspruch mitnehmen. Hier geschieht Erlösung und Befreiung. Die Anbetung ist ein Teil der

Hl. Messe. Die Beziehung Gott und Mensch kann wieder aufgebaut oder vertieft werden. Die Liebe und Barmherzigkeit Gottes kann sich über uns ergießen. Brigitte ist für mich eine große Fürsprecherin bei ihrer Mutter Maria im Himmel. Alle gehen beglückt und gestärkt wieder nach Hause.

Jesus sprach zur Sr. Faustina: *„Wisse meine Tochter, wenn du nach Vollkommenheit strebst, wirst du viele Seelen heiligen."*

Brigitte hat sich für die Vollkommenheit entschieden, darum hat sie viele Seelen inspiriert, ihr es nachzumachen durch ihre Ausstrahlung und Liebe.

Zwanzig Jahre nach Brigittes Tod am 25.11.1975 erfuhr ich von einem Priester, P. Christian, dass er genau an diesem Tag ins Kloster eingetreten ist, ohne dass er etwas von ihr wusste, auch sie wusste nichts von ihm. Dieser schreibt heute die Madinger Büchlein, mit großem Erfolg. Wir werden erst in der Ewigkeit erfahren, wie viele Seelen sie heilig machte durch ihr Leiden und Sterben, dazu gehört auch meine Wenigkeit, von ihr kann ich nur lernen. Danke Brigitte.

P. Hauser von Puchheim gab Brigitte dieses Primizbild-chen. Er sagte: *„So klein sind wir in Gotteshand, Brigit-te darauf noch viel kleiner."*

Brigitte las alles, was sie von Fatima in die Hände bekam.

Am 13. Mai 1917 erschien die Muttergottes drei Hirtenkindern in Fatima: Lucia Santos, damals zehnjährig, Ihrem Vetter Francisco Marto, neunjährig und dessen Schwester Jacinta, siebenjährig. Alle drei wohnten in Aljustrel bei Fatima.

Lucia war die Wortführerin, sie sprach mit der Gottesmutter, die sagte: *„Ich komme vom Himmel, kommt jeden 13. Des Monats hierher und betet den Rosenkranz.“* Brigitte fand sich am wenigsten in ihr, obwohl sie in ihrem Alter war. Die kleine Jacinta war sehr lebhaft, opferfreudig und eine richtige Hirtin und Bewunderin der Schöpfung, mit ihr hatte Brigitte vieles gemeinsam. Francisco war so ein Typ wie Brigitte, so sanftmütig und demütig, folgsam, tierliebend und Verehrer der Eucharistie. Mit ihm konnte sich Brigitte vergleichen. Francisco und Brigitte hatten den gleichen Charakter: liebevoll, sehr bescheiden, geduldig, schweigsam, friedlich, ausgeglichen von Natur aus, überdrüssig der Unruhe des Lauten, des Lärmes, von schlichter und offener Freude. Er hatte das Geschenk einer meditativen Veranlagung, war mehr in Freud im

Denken und Hören als im Sprechen und sich hervortun, mehr zum Stillsein als zum Reden.

Stundenlang wollte Francisco vor dem Tabernakel verweilen und den verborgenen Jesus anbeten, trösten und lieben.

Bald wurde er krank und bekam sein Todesleiden. Aber vorher bewies Francisco großen Mut vor der Polizei mit Verhör und Drohungen, wenn sie das Geheimnis nicht sagen, werden sie in einen Kessel mit siedendem Öl geworfen. Sag das Geheimnis, sonst wirst du sterben, schrie der Polizist Jacinta an und schleppte sie davon. Francisco sagte ruhig, wenn sie uns wirklich umbringen, sind wir bald im Himmel, das ist herrlich. Das sagte er mit Ruhe und Gelassenheit. Er betete für Jacinta, dass sie sich nicht fürchtet.

Lucia und Francisco bewiesen den gleichen Mut und nahmen das Todesurteil an. Nach 3 Tagen unnützen Versuchens und Quälens brachten sie die Kleinen am Fest Maria Himmelfahrt wieder nach Hause.

Was hat das mit Brigitte zu tun, ja sehr viel, denn P. Wolfgang saß in den letzten Wochen bei Brigitte allein an ihrem Bett und betete in Gedanken und Brigitte schlief, da dachte er, Gott gib mir diese Krankheit und lass Brigitte gesund werden. Da machte Brigitte die Augen auf, schüttelte den Kopf und zeigt mit dem Finger auf ihre Brust. P. Wolfgang war noch nicht überzeugt, ob Brigitte das wirklich so meinte, darum machte und dachte er noch zweimal das Gleiche und Brigitte reagierte jedes Mal genauso. P. Wolfgang war jetzt überzeugt, Brigitte konnte das nicht wissen. Sie nahm aber ihre Hingabe nicht zurück und wollte lieber sterben, dass nicht so viele in die Hölle kommen und die Sünder sich bekehren. Brigitte bewies auch wie die Hirtenkinder in Fatima einen großen Mut und Vertrauen auf Gott, dass sie auch in den Himmel kommen. Francisco war ganz eins mit Jesus in der Eucharistie und verlangte nach der Hl. Kommunion, die ihm ein Priester brachte, aber nur einmal. Er starb mit einem Lächeln wie Brigitte und sah ein helles Licht neben dem Fenster. Um 10 Uhr morgens am 4. April 1919 starb er ohne Todeskampf wie Brigitte. Francisco sagte zu Jacinta, wir werden uns bald Wiedersehen, das waren seine letzten Worte. Sein Begräbnis war mehr eine Hochzeit als Trauermesse.

Aus dem Mund der Kinder und Säuglinge schaffst Du Dir Lob, Deinen Gegnern zum Trotz, Deine Feinde und Widersacher müssen verstummen. (Ps. 8)

Selig, die reinen Herzens sind, denn sie werden Gott schauen.

Hütet euch davor, einen von diesen Kleinen zu verachten! Denn ich sage euch, ihre Engel im Himmel sehen stets das Angesicht Meines himmlischen Vaters. (Mt. 18,10)

Diese Bibelstellen passen auf die Kinder von Fatima, Brigitte und alle früh vollendeten jungen Kinder und Jugendliche.

In Fatima hat die Muttergottes zur Umkehr aufgerufen, denn Gott ist schon so viel beleidigt worden. Auch Jesus hat am Beginn seines öffentlichen Wirkens zur Umkehr aufgerufen: *„Kehrt um, denn das Himmelreich ist nahe."*

Lucia, die Älteste der Seherkinder, fragte die Muttergottes über zwei Mädchen, die in der letzten Zeit verstorben waren, eine ist sehr jung gewesen und eine war 18 Jahr alt, ob die zwei schon im Himmel sind?

Die Mutter Gottes sagte: *„Die Junge ist schon im Himmel und die 18-jährige muss bis zum Ende er Welt im Fegefeuer bleiben."* Lucia bat für einen Kranken, der viel zu leiden hat, sie möchte ihn gesund machen. Sie sagte: *„Der Kranke soll sich bekehren, dann wird er im Laufes des Jahres gesund werden."*

Am 13. Juli 1917 erschien die Mutter Gottes und bat die Kinder, sie sollen sich für Sünder aufopfern und wenn sie ein Opfer bringen sagen: *„Ich tu das, aus Liebe zu Dir Jesus.*

Maria breitete dann die Hände aus und ließ sie in die Hölle schauen, das war so furchtbar, dass Jacinta lange noch sagte: *„O diese Hölle, o diese Hölle".*

Maria lernte ihnen das Gebet, das wir am Ende eines jeden Gesätzchens des Rosenkranzes beten:

„O mein Jesus, verzeih uns unsere Sünden, bewahre uns vor dem Feuer der Hölle, führe alle Seelen in den Himmel, besonders jene, die am meisten deiner Barmherzigkeit bedürfen."

Ich glaube, dass Brigitte tief erschüttert war über die Höllenvision und dadurch ihre Opferbereitschaft für die Bekehrung der Sünde stark zunahm.

Die Mutter Gottes sagte auch zu den Kindern: *„So viele Seelen kommen in die Hölle, weil niemand für sie betete."*

Schließlich war das Sonnenwunder zum Abschluss, das die Mutter Gottes ihnen schon vorher versprochen hatte.

Am 13. Oktober 1917 kamen ca. 70.000 Menschen zusammen, um das Sonnenwunder zu sehen. Es regnete in Strömen und alle waren nass bis zur Haut. Maria öffnete ihre Hände und die Sonne kam hervor und begann zu tanzen, drehte sich und bunte Strahlenbündel verstreuend kam sie herunter und es wurde immer heißer, sodass die Leute laut schrien, dann kehrte sie wieder auf ihren Platz zurück. Das wiederholte sich noch zweimal und am Himmel erschien die Hl. Familie, Maria und Josef mit Jesus.

Ich glaube, dass wir keine weitere Bestätigung brauchen für die Vorgänge in Fatima. Maria wünschte auch, der Papst solle die ganze Welt ihrem Unbefleckten Herzen weihen, auch jeder Mensch soll die Weihe an Maria machen.

Was auch Brigitte und ich taten. Brigitte drückt dies in ihrem Gebet aus:

Hl. Mutter des Erlösers, Du
Königin, Dir geb ich all
mein Hab und Gut, denn
gute Menschen die das tun,
kommen durch Dich zu
Jesus und durch ihn in den
Himmel. Dir werden alle
Seelen anvertraut die guten
Willens sind.
Eine von denen will auch
ich sein und meiner Mutter
ewig treu sein!
(Brigitte Zweimüller)

Brigittes Erstkommunion (2. Reihe, 4. von links, dahinter P. Wolfgang Kaulfus)

Die Erscheinungen der Mutter Gottes in Medjugorje, die auch jetzt noch andauern, sind Friedensbotschaften für heute, für die Zukunft.

Maria, Königin des Friedens, bitte für uns.

1981 erschien die Mutter Gottes sechs Kindern, heute erscheint sie noch tgl. drei Sehern: Ivan, Vicka, Marija.

Marija überbringt jeden 25igsten eine Botschaft:

25. Oktober 2018:

Liebe Kinder!

Ihr habt die große Gnade, dass ihr durch die Botschaften, die ich euch gebe, zu einem neuen Leben aufgerufen seid. Meine lieben Kinder, dies ist eine Zeit der Gnade, eine Zeit und ein Ruf zur Umkehr für euch die zukünftigen Generationen. Deshalb rufe ich euch, meine lieben Kinder, betet mehr und öffnet euer Herz meinem Sohn Jesus. Ich bin mit euch und liebe euch alle und segne euch mit meinem mütterlichen Segen. Danke, dass ihr meinem Ruf gefolgt seid.

Das erste Wort, das Maria in Medjugorje sprach:

„*Friede, Friede, Friede zwischen Gott und den Menschen.*"

Papst Franziskus: „*Um uns herum Frieden säen, das ist Heiligkeit!*"

Was hat Brigitte so interessiert an Fatima, an Bernadette? Ihre Armseligkeit? Ihre Reinheit, Einfachheit? Ihr
unheilbares Asthma? Nein, der Charakter, ihre Liebe
zur Gottesmutter, die ihren Namen lange verschwieg,
ihr Gehorsam und Demut. Brigitte und Bernadette gleichen sich sehr, denn beide zog die Gottesmutter in ihren
Bann. Bernadette war für Brigitte ein Vorbild, darum
durfte sie vor ihrem Tod die Mutter Gottes und Bernadette sehen, weil sie laut einmal rief: *„ich sehe Maria
und Bernadette".* Gleich darauf sah sie ein schmales
Bett, das neben ihrem Bett stand. *„Und an der Wand",*
sagte sie, *„da steht mein Name darauf auf dem Blatt,
ich will nicht, dass mein Name darauf steht."*

Es war nämlich die Todesanzeige, die sie sah. Dann
sang sie das Lied, das sie im Religionsunterricht gelernt
hatte: *„Heute bin ich rot, morgen bin ich tot, übermor-
gen holen sie mich weg, tragen mich hinaus und nim-
mermehr herein."*

Auf dem Sarg sah sie ein Kreuz. Später beim Begräbnis sah ich ein Kreuz auf ihrem Sarg. Ich fragte einen Leichenbestatter, ob auf jedem Sarg ein Kreuz ist,
darauf sagte er: *„Nein, nur auf dem, der gläubig war."*

Bernadette wurde dann noch Ordensschwester, wo
sie auch viel zu leiden hatte, sie wollte eigentlich nicht

ins Kloster gehen, aber ihr Pfarrer, der sie kannte, riet ihr zu gehen, weil sie vom Himmel so begnadet war. Als die 14jährige die Dame, wie sie sie nannte, endlich auf das Drängen ihres Pfarrers nach ihrem Namen fragte, war Bernadette ganz verwirrt, weil sie noch nie diesen Namen hörte und auch nicht wissen konnte damals, und zwar sagte sie: *„Ich bin die unbefleckte Empfängnis."* Bernadette lief zum Pfarrer, um ihm den Namen zu sagen, dabei wiederholte sie ständig: *„Ich bin die unbefleckte Empfängnis".* Als der Priester diesen Namen hörte, wusste er, dass diese Erscheinungen echt waren, denn diesen Namen wusste noch niemand, weil erst vor kurzem das Dogma von der Unbefleckten Empfängnis von der Kirche verkündet wurde.

Auch bei der wunderbaren Medaille diktierte sie der Katharina Labouré dieses Gebet:

„O Maria ohne Sünde empfangen, bitte für uns, die wir zu Dir unsere Zuflucht nehmen."

Am 8. Dezember feiern wir dieses Fest jedes Jahr „Maria Empfängnis", das leider zu einem Weihnachtseinkaufstag geworden ist. In Lourdes bat auch Maria um das Rosenkranzgebet und die Bekehrung der Sünder. Niemand glaubte Bernadette, dass ihr wirklich die Muttergottes erschienen war, bis ihr die Mutter Gottes den Auftrag gab, auf der trockenen Wiese nach Wasser zu graben. Bernadette tat, was Maria sagte und mit bloßen Händen grub sie ein Loch, das sich nach und nach füllte, bald zu einem Bächlein wurde. Ein Steinmetz von Lourdes wurde blind, weil es ihm einen Steinsplitter in die Augen riss. Daher lief er zu dieser Quelle und wusch sich die Augen mit diesem Quellwasser und er konnte plötzlich wieder sehen. Das zweite Wunder geschah gleich darauf, denn ein Baby bekam plötzlich hohes Fieber, es war schon bewusstlos. Die Mutter lief schnell mit dem Kind zur Grotte und tauchte es kurz in das eiskalte Wasser und er schlug wieder die Augen auf und wurde gesund. Seitdem brechen die Wunder in Lourdes nicht mehr ab, bis heute nicht. Es sind lauter von den Ärzten anerkannte Wunder.

Was hat das mit Brigittes Krankheit zu tun? Bernadette war ihr Vorbild, auch in der Krankheit, denn Maria sagte zu Bernadette einmal: *„In dieser Welt mache ich dich nicht glücklich, aber in der anderen."* In Brigittes Krankheitstagen gab uns ein Nachbar Lourdeswasser, das er selbst von einer Lourdeswallfahrt heimbrachte, es war eine große Flasche. Ich gab ihr tgl. zu trinken, ein kleines Stück von einer konsekrierten Hostie und einen Schluck Lourdeswasser war ihre ganze Nahrung im letzten Monat, Ende Oktober bis 25. November. Nach ihrem Spitalaufenthalt bekam sie starkes Blutbrechen und der Arzt sagte, sie wird nur mehr drei Tage leben, dann bekamen wir das Lourdeswasser und das Blutbrechen hörte auf. Dann war die Zeit, in der wir gut sprechen konnten miteinander und sie strahlte vor Freude und ihren Wunsch, in den Himmel zu kommen, nahm sie nicht zurück. Als das Lourdeswasser zu Ende war, bat mich Brigitte, ihr Weihwasser zu geben, ich gab ihr welches, aber das Blutbrechen begann wieder und hörte bis zu ihrem Tod nicht auf, denn Brigitte wollte selbst, dass wir nicht mehr um ihre Gesundheit beten, sondern nur um ihr Durchhalten sollten wir beten.

Danke Brigitte, das hat dir der Heilige Geist eingeben, dass du so treu geblieben bist und die Liebe und Barmherzigkeit mit deinem Leben bezeugt hast.

Gerade sehe ich von meinem Fenster aus, wie ein Rettungshubschrauber auf dem Flachdach des Krankenhauses im dichtesten Nebel landen möchte, ohne das Blinklicht zu sehen landet er ruhig und sicher auf dem Flachdach. Da fällt mir ein Vergleich ein: Ist nicht die Mutter Gottes wie dieser Hubschrauber? Sie holt uns arme Sünder, wenn wir uns ihr weihen, weg von der kranken Welt, die ohne Hoffnung und Zukunft ist, und bringt uns zu Jesus, der allein unser Heil und unsere Hoffnung ist. Er ist der beste Arzt und Retter, der allein durch sein Blut am Kreuz uns erlöst hat. Das Gebet für die Bekehrung der Sünder ist der Treibstoff des Heiligen Geistes, der alles neu macht, heilt. Gott ist die Liebe. Die Heiligen sind wie das Blinklicht auf dem Dach, die auch durch Nacht und Nebel leuchten. Bernadette und Brigitte sind solche Leuchten auf dem Sternenhimmel der Heiligen. Im heutigen Evangelium hören wir am 31. Sonntag im Jahreskreis: *„Höre Israel, Jahwe ist* *der Einzige. Du sollst den Herrn, deinen Gott lieben aus deinem ganzen Herzen, mit deiner ganzen Kraft und deinen Nächsten wie dich selbst. "*

Diese Liebe zu Gott ist die Beziehung zu Gott und meinem Nächsten, die ich im Leben bezeugen soll. Das ist die Voraussetzung eines gelungenen Lebens in Christus, mit Christus, durch Christus. Durch sein Blut und seine Wunden sind wir geheilt. Liebe ohne Leiden gibt es nicht.

Was heißt Sühne? In diesem Wort stecken mehrere Wörter, z.B. Sünde, Versöhnung, Wiedergutmachung, Sühnopfer im Alten Testament. Aus Liebe für einen anderen einspringen. Hingabe seines Lebens für andere. Dies tat Brigitte, indem sie ihr Leben für mich, ihre Mutter hingab, damit ihre jüngeren Brüder Josef und Richard die Mutter nicht verlieren. Zudem gab sie ihr Leben für uns alle, damit laut Fatima nicht so viele in die Hölle kommen.

Eigentlich wollte sie noch nicht so früh sterben, weil sie wusste, dass es keine Heilung für sie mehr gab. Daher sagte sie einmal: *„Mama, ich möchte noch nicht sterben."* Ich konnte ihr nicht die Wahrheit sagen, daher verschwieg ich sie. Brigitte aber erwiderte: *„Nein Mama, es ist schon so weit. Das heißt, die Sterbestunde ist bald da."* Sie bereitete sich darauf durch das Gebet vor, sie nahm öfters den Rosenkranz und wünschte ihn, mit mir zu beten, zur Mutter Gottes hatte sie großes Vertrauen, auch auf das Evangelium, auf die Verheißungen Jesus: *„Ich bin der Weg, die Wahrheit und das Leben, niemand kommt zum Vater außer durch mich, niemand hat eine größere Liebe, als wer sein Leben hingibt für seine Freunde. Wer an mich glaubt wird leben, wenn er auch gestorben ist und ich werde ihn auferwecken am letzten Tag."*

Brigitte glaube diesen Verheißungen Jesu, dabei wurde sie ruhig und gelassen, sie bedankte sich für jede kleinste Hilfe voll Liebe. Ich strich ihr die Haare aus dem Gesicht, weil ihr viele Haare ausgingen und sie belästigten, oder ich schüttelte ihr die Polster auf, für alles bedankte sie sich.

Es kehrte wieder ihr liebliches Lächeln zurück, das sie eigentlich nie verlor, sodass P. Markus und P. Wolfgang vor dem aufgebahrten Leichnam sagten, sie lächelt selbst im Tod.

In 1 Kor 13 lesen wir:

Die Liebe ist langmütig, die Liebe ist gütig, sie ereifert sich nicht, sucht nicht den eigenen Vorteil, sie erträgt alles, glaubt alles, hofft alles, hält allem stand. Die Liebe hört niemals auf

Kor 19:

Für jetzt bleiben Glaube, Hoffnung, Liebe, doch die Liebe ist am Größten.

Die Monatsbotschaft von Medjugorje am 25. November 2017 lautet: *„Liebe Kinder! In dieser Gnadenzeit rufe ich euch zum Gebet auf. Betet und sucht den Frieden, meine lieben Kinder. Er, der hier auf die Erde gekommen ist, um euch, wer oder was ihr auch seid, seinen*

Frieden zu geben! Er ist mein Sohn, euer Bruder, ruft euch durch mich zur Umkehr auf, denn ohne Gott habt ihr keine Hoffnung, keine Zukunft und kein ewiges Leben. Deshalb glaubt und betet und lebt in Gnade und Erwartung eurer persönlichen Begegnung mit ihm. Danke, dass ihr meinem Ruf gefolgt seid."

Besonders an Brigittes Sterbetagen sind die Botschaften sehr tief und immer auf Jesus und das Evangelium ausgerichtet. Ja ich glaube, dass Brigitte und viele Heilige für die Erscheinungen gebetet haben, dass Gott sie erlaubt hat.

Monatsbotschaft 25. November 2016:

„Liebe Kinder! Auch heute rufe ich euch auf, zum Gebet zurückzukehren. In dieser Zeit der Gnade hat Gott mir erlaubt, euch zur Heiligkeit und zum einfachen Leben zu führen, damit ihr in den kleinen Dingen Gott den Schöpfer entdeckt, damit ihr euch in Ihn verliebt und damit euer Leben Dank sei für alles, was Er euch gibt. Möge, meine lieben Kinder, euer Leben in Liebe eine Gabe für die Nächsten sein, und Gott wird euch segnen, ihr aber legt Zeugnis ab ohne Interesse aus Liebe zu Gott. Ich bin mit euch und halte vor meinem Sohn Fürsprache für euch alle. Danke, dass ihr meinem Ruf gefolgt seid."

Die Mutter Gottes hat einmal in einer Botschaft in Medjugorje gesagt: *„Was ich in Fatima begonnen, das habe ich in Medjugorje vollendet."*

Im 7. Punkt heißt es Sühne und Opfer. Was heißt Opfer? Opfer heißt Hingabe, sich hingeben für Gott und den Mitmenschen. Brigitte gab nicht nur ein wenig, sondern sie gab sich ganz hin für die Bekehrung der Sünder.

Joh 15, 13:

Es gibt keine größere Liebe, als wenn einer sein Leben für seine Freunde hingibt.

Das Wort „für" ist dabei sehr wichtig.

Sie wollte immer etwas für Gott tun, auch als sie schon einarmig war sagte Brigitte: *„Mit einer Hand kann ich noch schreiben für Gott und Schriftstellerin werden."*

Brigitte wusste auch, dass Gott von uns einmal Rechtfertigung verlangt. Ich war krank und du hast mich besucht, ich war durstig und du hast mir zu trinken gegeben usw.

Das heißt für den Nächsten sorgen, ihm Zeit schenken, mit ihm teilen wie der Hl. Martin den Mantel geteilt hat. Alle Heiligen haben für die Anderen gelebt und gewirkt durch Wort und Tat. So hat Brigitte auch für ihre Schwester Johanna Gedichte gemacht, Briefe geschrieben, es sind viele Briefe erhalten von ihren vielen Freundinnen – Schulkameradinnen.

Hier einige Gedichte von ihr, die sie im Krankenhaus geschrieben hat:

„Jesus wurde mit Dornen gekrönt,
Dornröschen wurde von Dornen umwacht,
aber alle beide sind wieder aufgewacht."

„Rosen sind Zeichen der Liebe, doch pass auf,
dass dich keine Dorne sticht,
denn so ein Stich im Herzen,
sind ausgesprochene Schmerzen."

„Wer weiß schon, was er will,
man ist wieder April, doch Gott weiß
bestimmt, ganz sicher, was er will.
Er ist ja auch geschickter
als so ein Menschenkind."

„Wertvolles Erz ist weniger
als ein reines Herz."

Für Johanna schrieb Brigitte:

„Ein Tischlein ist gedeckt für sieben Personen.
Für Vater und Mutter. Kinder der Rest,
und ein großes Haus wartet auf dich zu Haus.
Ich habe ein Zimmer für mich ganz allein,
doch es soll, wenn du kommst, auch deines sein."

Wie im Evangelium: *Ich war obdachlos und du hast mich aufgenommen.*

Brigitte war vor der Krankheit ein geselliges, aufgewecktes Kind, sie saß nicht immer in der Gebetsecke, sie war immer im Dialog mit ihren Freundinnen, sie lud oft eine zu sich ein oder Brigitte besuchte diese oder jene. Sie schenkte ihnen Zeit, sie machten Spiele, dabei vergaß sie nie, ihnen etwas von der Bibel zu erzählen oder Rosenkranz zu beten, Fatima-Lourdes brachte sie ihnen näher. Alles tat sie aus Liebe zu Gott und den Menschen.

Zu einer Schulfreundin fuhr sie oft mit dem Rad, die Erika K, die in religiösen Dingen unwissend war, ihr Vater war Kommunist, bei dem durfte kein Priester in die Wohnung kommen, aber Brigitte durfte in diese Familie kommen und so wurde Erika getauft und durfte auch zur Erstkommunion gehen mit ihr. Als Brigitte in den letzten Tagen sehr litt, bat Erika, ob sie eine Nacht bei ihr bleiben dürfe, was wir ihr auch erlaubten.

Ein Lied hatte es Brigitte sehr angetan, das sie sich immer wünschte und sang:
„Ja wenn der Herr einst wieder kommt,
dann lass mich auch dabei sein, wenn
der Herr einst wieder kommt.
Und wenn die Heiligen auferstehen,

dann lass mich auch dabei sein ...
Und wenn sie stehn um deinen Thron, dann ...
Und wenn man singt, Halleluja, dann ...
Und wenn die Welt wird wieder neu, dann ...
Und wenn das Lamm zur Hochzeit kommt, dann ....
Und wenn du uns beim Namen rufst, dann lass mich
auch dabei sein, wenn du uns beim Namen rufst. "

Dieses Lied ist aus der Geheimen-Offenbarung des Johannes von der Schau des Endgerichts. Dies hat sich Brigitte gewünscht und ersehnt.

8. Gebet und Rosenkranz

Brigitte liebte das Gebet, sie betete mit Ehrfurcht und dem Herzen. Das Abendgebet, vor dem Schlafen gehen, war für sie besonders wichtig. Meistens begleitete ich die Kinder zu Bett und wir sprachen dann noch über den vergangenen Tag. Wenn sie allein ging, sagte sie immer: *„Gute Nacht, schlafts' gut, alle miteinander"*, mit einem lieben Lächeln.

Unser Abendgebet lautete:

„Müde bin ich, geh zur Ruh, schließe meine Augen zu. Vater, lass die Augen dein, über meinem Bette sein. O Gott, du hassest die Sünde, du strafest sie strenge und ich habe so viel gesündigt, du bist voll Liebe gegen mich, du bist für mich am Kreuze gestorben und ich habe dich so oft beleidigt. Es reut mit jetzt von Herzen, ich will nicht mehr sündigen, ich will auch die Gelegenheit zur Sünde meiden, verzeih mir Barmherziger Vater. "

Der Angelus mittags. Am Morgen vor der Schule, vor dem außer Haus gehen, ein Schutzengelgebet und das lange Gebet:

„Jungfrau, Mutter Gottes mein, lass mich dir empfohlen sein, steh in jeder Not mir bei, halte mich vor Sünde frei ...

Jungfrau Mutter Gottes mein, lass mich ganz dein eigen sein, dein im Leben und im Tod, dein in Unglück, Angst und Not, dein in Kreuz und bitteren Leid, dein für Zeit und Ewigkeit. Mutter auf dich hoff' und baue ich, Mutter zu dir ruf' und seufze ich, Mutter du Gütigste, steh' mir bei, Mutter, du Mächtigste Schutz mir sei, o Mutter, so komm und hilf beten mir, o Mutter, so komm, hilf' leiden mir, o Mutter, so komm und bleib bei mir. Du kannst mir ja helfen, du Mächtigste, du wirst mir auch helfen, du Gütigste, du musst mir ja helfen, du Treueste. O Mutter der Gnaden, der Christenhort, du Zuflucht der Sünder, des Heiles Pfort', du Hoffnung der Erde, du Himmels Zier, du Trost der Betrübten, du Schutzpanier. Wer hat je umsonst deine Hilf' angefleht, wann hast du vergessen ein kindlich Gebet. So glaub' ich und sterbe darauf, Maria hilft uns in den Himmel hinauf.
Maria, Mutter Gottes mein, lass mich ganz dein eigen sein. "

Andere Gebet, die wir in der Familie beteten, waren z.B.: *„Jesus, dir leb' ich, Jesus, dir sterb' ich, Jesus, dein bin ich, im Leben und im Tod. O sei uns gnädig, sei uns barmherzig, führ uns o Jesus, in deine Seligkeit. "*

Schutzengelgebete: *„Heiliges Herz Jesus, ich vertraue auf Dich "*, usw.

Brigitte war mit allen Gebeten, die damals üblich waren, vertraut. Besonders das Herz Jesu Gebet, das ich schon vorher erwähnt habe und sie täglich öfter gebetet hat, wie dort empfohlen. Ich habe dieses Gebet auch im Faltblatt von der Barmherzigkeit-Novene gefunden, damit wir es noch einmal betrachten, denn darin ist alles enthalten, worum wir Gott bitten sollen, denn niemand kann durch eigene Kraft selig werden oder sich selbst retten. Hier steht, dass dieses Gebet ein Ablassgebet ist von Benedikt XV Breve 4.12.1915

„Heiligstes Herz Jesu, Quelle alles Guten, ich bete Dich an, ich glaube an Dich, ich hoffe auf Dich, ich liebe Dich und bereue alle meine Sünden. Dir schenke ich dieses mein armes Herz, mache es demütig, geduldig, rein und allen Deinen Wünschen entsprechend. Gib, o guter Jesus, dass ich in Dir und Du in mir lebst. Beschütze mich in Gefahren, tröste mich in Trübsal und Bedrängnissen. Gewähre mir die Gesundheit des Leibes, Deinen Segen für alle meine Werke und die Gnade eines heiligen Todes. Amen"

Jesus: *„Wenn du für einen Sünder folgendes Gebet mit zerknirschtem Herzen und im Glauben verrichtest, schenke ich ihm die Gnade der Umkehr."*

T.B.Nr.   186
„O Blut und Wasser, aus dem Herzen Jesu als Quelle der Barmherzigkeit für uns entströmt, Jesus, ich vertraue auf Dich."

An 1. Stelle steht natürlich das „Vaterunser", das Jesus selbst gebetet und gelehrt hat:

Vater unser im Himmel,
geheiligt werde dein Name.
Dein Reich komme.
Dein Wille geschehe,
wie im Himmel so auf Erden.
Unser tägliches Brot gib uns heute.
Und vergib uns unsere Schuld,
wie auch wir vergeben unsern Schuldigern.
Und führe uns nicht in Versuchung,
sondern erlöse uns von dem Bösen.
Denn dein ist das Reich und die Kraft
und die Herrlichkeit in Ewigkeit.
Amen.

Dieses Gebet war Jesu Lebensprogramm, das er selbst gelebt hat, er war gehorsam bis zum Tod am Kreuz, damit wir gerettet werden.

Auch für Brigitte war das Vaterunser Lebensprogramm, das sie nach besten Kräften, mit Hilfe von Gottes Gnade gelebt hat und die Barmherzigkeit Gottes erfahren hat.

In der Mitte des Vaterunser steht die Bitte: *„ Unser tägliches Brot gib uns heute"*

Jesus meinte nicht so sehr das irdische Brot für den Leib. Nach der Brotvermehrung, als er sah, dass sie ihn zum König machen wollten, sagte Jesus: *„Bemüht euch nicht um die Speise, die verdirbt, sondern um das Brot, das der Vater euch vom Himmel gibt. Ich bin das lebendige Brot, das vom Himmel gekommen ist. Mein Fleisch ist eine Speise und mein Blut ist ein Trank. "*

Brigitte konnte im letzten Monat ihres Lebens nichts mehr essen, sie lebte nur von einem Stück Hostie, sie verlangte und sehnte sich nur nach dem Leib des Herrn und nach den Verheißungen Jesu: *„ Wer an mich glaubt, wird leben, wenn er auch gestorben ist. "*

Jesus fastete und betete in der Wüste, denn er sagte einmal: *„Diese Art von Dämonen kann nur durch Gebet und Fasten ausgetrieben werden. "*

Dem Versucher antwortete Jesus: *„Nicht vom Brot allein lebt der Mensch, sondern von jedem Wort, das aus dem Munde Gottes kommt. "*

Brigitte fragte mich einmal: *„ Mama, ist das wirklich wahr, was in der Bibel steht? Hat sich das nicht jemand ausgedacht? "* Ich versicherte ihr, darauf kannst du dich verlassen, das ist die Wahrheit. Darauf wurde sie ruhig und schaute gerne auf das Bild mit dem Kreuz, das ich schon beschrieben habe.

So waren für Brigitte der Glaube, die Hoffnung und die Liebe das Wertvollste, die Kommunion, die Heilige Messe und das Wort Gottes die tragenden Elemente. Sie erkannte, das war der Weg zum bleibenden Glück, sie glaubte, dass sie in der Ewigkeit wieder zwei Arme haben werde und ewig Gott danken für die Erlösung, wie sie es in ihrem Gebet ausgedrückt hat.

Nun zum Rosenkranzgebet. Warum möchte Maria bei jeder Erscheinung, ob in Lourdes, Fatima oder Medjugorje, diese Gebet anempfehlen? Denn es ist die Gebetschule Mariens. Im Rosenkranz sind alle Grundgebet der Kirche enthalten: Glaubensbekenntnis, Vaterunser, Gegrüßet seist du Maria, Ehre sei dem Vater und dem Sohn und dem Heiligen Geist.

Alle Gebete sind aus der Bibel genommen und biblisch belegbar. Dabei wird bei jedem Gesetzchen ein Stück aus dem Leben Jesu und Mariens betrachtet. Ohne Betrachtung ist der Rosenkranz wie ein Leib ohne Seele, das ist nur ein Lippengebet. Maria hat zu Lucia, der Seherin gesagt:" *Mit dem Rosenkranz können wir jedes Problem lösen.*" Warum? Weil es ein biblisches Gebet ist und darin alle Heilstaten und Erlösungtaten Gottes enthalten sind. Die zehnmalige Wiederholung ist deswegen, weil wir mit Maria an Hand ihres Lebens unser Leben gestalten sollen. Das „JA" Mariens ist auch für uns wichtig und „*Sieh' ich bin die Magd des Herrn, mir geschehe wie du es gesagt hast.*"

Die Seher von Lourdes, Fatima, Medjugorje fragten nicht lange und taten einfach, was die Mutter Gottes sagte. In Fatima: „*Wenn ihr tut, was ich euch sage, dann wird Friede sein.*"

Gott ist der Gott des Friedens, der Liebe und der Versöhnung.

So hat auch Brigitte um sich eine Schar Freundinnen versammelt und den Rosenkranz gebetet, ohne zu fragen, hat es einen Sinn? Oder was bringt mir das? Sondern sie tat und lebte einfach das Evangelium. Bei der Hochzeit zu Kana sagte Maria: *„Was er euch sagt, das tut."* Dann konnte Jesus das Wasser in Wein verwandeln, auch uns kann Jesus verwandeln.

Beim Rosenkranz denken wir mit Maria an Jesus durch den Heiligen Geist. Maria ist die Tochter des Vaters, die Mutter des Sohnes und die Braut des Heiligen Geistes, darum ist es das wertvollste und wirksamste Gebet des Dreifaltigen Gottes. Freudenreicher Rosenkranz, der Lichtreiche Rosenkranz, der Schmerzhafte Rosenkranz, der Glorreiche Rosenkranz.

Gebete des Rosenkranzes:

Das Zeichen des Kreuzes
Im Namen des Vaters und des Sohnes und des Heiligen Geistes. Amen.

Das Apostolische Glaubensbekenntnis:

Ich glaube an Gott, den Vater, den Allmächtigen,
den Schöpfer des Himmels und der Erde;
Und an Jesus Christus,
seinen eingeborenen Sohn, unsern Herrn,
empfangen durch den Heiligen Geist,
geboren von der Jungfrau Maria,
gelitten unter Pontius Pilatus,
gekreuzigt, gestorben und begraben,
hinabgestiegen in das Reich des Todes,
am dritten Tage auferstanden von den Toten
und aufgefahren in den Himmel;
er sitzt zur Rechten Gottes,
des allmächtigen Vaters,
von dort wird er kommen,
zu richten die Lebenden und die Toten.
Ich glaube an den Heiligen Geist,
die heilige katholische Kirche,
Gemeinschaft der Heiligen,
Vergebung der Sünden,
Auferstehung der Toten
und das ewige Leben.
Amen.

Vom Glaubensbekenntnis schreibt schon im 4. Jahrhundert der Hl. Cyrill von Jerusalem +376.

Er hat die Christen aufgerufen, ja beschworen, dass sie den wahren Glauben bewahren sollen, der im Glaubensbekenntnis zusammengefasst ist und das Wesentliche von AT und NT enthält.

Ich beschwöre euch vor Gott, von dem alles Leben kommt, Jesus Christus, der vor Pontius Pilatus das gute Zeugnis abgelegt hat. Bewahrt den euch überlieferten Glauben unbefleckt bis zur Erscheinung unseres Herrn Jesus Christus.

Vater unser im Himmel, geheiligt werde dein Name.
Dein Reich komme. Dein Wille geschehe, wie im Himmel so auf Erden. Unser tägliches Brot gib uns heute.
Und vergib uns unsere Schuld, wie auch wir vergeben unsern Schuldigern und führe uns nicht in Versuchung, sondern erlöse uns von dem Bösen.
Ave Maria
Gegrüßet seist Du, Maria, voll der Gnade, der Herr ist mit Dir. Du bist gebenedeit unter den Frauen und gebenedeit ist die Frucht Deines Leibes, Jesus
Heilige Maria, Mutter Gottes, bitte für uns Sünder jetzt und in der Stunde unseres Todes. Amen
Ehre sei dem Vater und dem Sohn und dem
Heiligen Geist, wie im Anfang, so auch jetzt und alle Zeit und in Ewigkeit. Amen.

Die Hl. Katholische Kirche hat dieses Bekenntnis bis heute bewahrt, trotz vieler Irrlehren und Spaltungen.

Durch den Heiligen Cyrill und viele Kirchenlehrer bestätigt, aber auch vom Himmel kam durch die Marienerscheinungen, die der Barmherzige Vater Maria erlaubte, uns ihre Botschaften zu geben, wie eine Mutter erzieht sie ihre geistigen Kinder durch das Gebet. Betet, betet, betet, meine lieben Kinder, Satan ist stark, er will euch von Gott wegziehen.

In der heutigen Zeit höre ich durch Radio Maria Österreich auch immer wieder, dass die Heilige Messe-Übertragung an erster Stelle steht, der Rosenkranz, die Bibel, die Seligpreisungen wie im Buch von Papst Franziskus beschrieben ist. Die Vorträge von vielen Priestern haben mich eigentlich darauf gebracht, dass Brigitte schon vor 43 Jahren nach ihren 10 Punkten gelebt hat.

Wie bete ich den Rosenkranz?

Begonnen wird mit dem Kreuzzeichen:

Im Namen des Vaters und des Sohnes und des Heiligen Geistes. Amen.

Beim Kreuz betet man das Apostolische Glaubensbekenntnis"
   1. Große Perle:
      Vater unser,

2. Drei kleine Perlen:
   Ave Maria
   An der ersten drei kleinen Perle wird angefügt:
   Der in uns den Glauben vermehre:
   An der zweiten kleinen Perle wird angefügt:
   Der in uns die Hoffnung stärke.
   An der dritten kleinen Perle wird angefügt:
   Der in uns die Liebe entzünde
3. Vor der 2. Große Perle:
   Ehre sei dem Vater
4. Ankündigung des ersten Geheimnisses und dann ein Vaterunser
5. Es folgen zehn „Ave Maria", bei denen das Geheimnis betrachtet wird
6. Bete ein *„Ehre sei dem Vater"*.
   Nach dem Gesetzchen folgt das „Fatima-Gebet", das die Muttergottes in Fatima erbeten hat:
   „Oh mein Jesus, verzeih uns unsere Sündern;
   bewahre uns vor dem Feuer der Hölle,
   führe alle Seelen in den Himmel,
   besonders jene, die deiner Barmherzigkeit
   am meisten bedürfen. Amen"
7. Ankündigung des zweiten Geheimnisses, dann das Vaterunser, dann wiederholen sich die Punkte

5, 6 und 7 und man setzt mit dem dritten, vierten und fünften Geheimnis in derselben Art fort.

8. Am Ende des fünften Geheimnisses schließe mit dem Gebet:

„Sei gegrüßt, oh Königin".

Am 14. August 1984 übermittelte die Muttergottes dem Seher Ivan Dragicevic folgende Botschaft:

„Ich möchte, dass die Menschen in diesen Tagen mit mir beten, und das in möglichst großer Zahl; dass sie mittwochs und freitags streng fasten; dass sie jeden Tag wenigstens den Rosenkranz beten: die freudenreichen, schmerzhaften und glorreichen Geheimnisse. "

Gebetsaktion Medjugorie, Reindorfgasse 17a- A-1150 Wien www.gebetsaktion.at

Der Lichtreiche-Rosenkranz:

Papst Johannes Paul II hat zu den bisherigen Rosenkränzen einen vierten hinzugefügt, den Rosenkranz vom Leben Jesu, auch lichtreicher Rosenkranz genannt, und empfohlen, ihn jeden Donnerstag zu beten. Beim lichtreichen Rosenkranz werden die fünf Geheimnisse aus dem Leben Jesu betrachtet. Jedes dieser Geheimnisse ist eine Offenbarung des Reiches, das in der Person Jesu Christi schon eingetroffen ist.

Die Präsenz Mariens bleibt – mit Ausnahme der Hochzeit zu Kana – in diesen Geheimnissen im Hintergrund. Maria hat, so schreibt es Lukas, *„alles in ihrem Herzen bewahrt"* (Lk 2,51) und darüber nachgedacht. Maria lebt, so Papst Johannes Paul II in seinem Apostolischen Schreiben „Rosarium Virginis Mariae", mit den Augen auf Christus gerichtet und macht sich jedes seiner Worte zu eigen.

Maria lädt die jungen Seher in Medjugorje – und durch sie das ganze christliche Volk – ein, den Rosenkranz für die Bekehrung der Menschen und den Frieden in der Welt zu beten. Wenn es jemals notwendig war, den Rosenkranz zu beten, dann ist das jetzt, wo der Friede in der Welt so bedroht ist.

Erstes lichtreiches Geheimnis:
Die Taufe Jesu.

„Jesus, der von Johannes getauft worden ist. "

„Kaum war Jesus getauft und aus dem Wasser gestiegen,

da öffnete sich der Himmel, und er sah den Geist Gottes wie eine Taube auf sich herabkommen.

Und eine Stimme aus dem Himmel sprach:" Das ist mein geliebter Sohn, an dem ich Gefallen gefunden habe" (Mt 3, 16-17).

Zu Beginn seines öffentlichen Lebens ließ sich Jesus von Johannes im Jordan taufen. Johannes verkündete „Umkehr und Taufe zur Vergebung der Sünden" (Lk 3, 3) (KKK, 535).

Zweites lichtreiches Geheimnis:
Die Hochzeit in Kana.

"Jesus, der sich bei der Hochzeit von Kana offenbart hat."

Am dritten Tag fand in Kana in Galiläa eine Hochzeit statt, und die Mutter Jesu war dabei. Auch Jesus und Seine Jünger waren zur Hochzeit eingeladen. Als der Wein ausging, sagte die Mutter Jesu zu ihm:
„Sie haben keinen Wein mehr".
Jesus erwiderte ihr: *„ Was willst du von mir, Frau? Meine Stunde ist noch nicht gekommen. "* Seine Mutter sagte zu den Dienern: *„ Was er euch sagt, das tut!"* (Joh 2, 1-5).

Zu Beginn seines öffentlichen Lebens wirkte Jesus auf die Bitte seiner Mutter hin, bei einem Hochzeitsfest sein erstes Zeichen. Die Kirche misst der Teilnahme Jesu an der Hochzeit von Kana große Bedeutung bei. Sie erblickt darin die Bestätigung dafür, dass die Ehe etwas Gutes ist, und die Ankündigung, dass die Ehe fortan ein wirksames Zeichen der Gegenwart Christi sein wird. (KKK, 1613).

Drittes lichtreiches Geheimnis:
Die Verkündigung des Reiches Gottes.

„Jesus, der uns das Reich Gottes verkündet hat."

Die Zeit ist erfüllt, das Reich Gottes ist nahe. Kehrt um, und glaubt an das Evangelium» (Mk 1, 15).

Alle Menschen sind berufen, in das Reich Gottes einzutreten. Dieses messianische Reich wird zunächst den Kindern Israels verkündet, ist aber für die Menschen aller Völker bestimmt»(KKK, 543).

Viertes lichtreiches Geheimnis:
Die Verklärung Jesu

"Jesus, der uns das Reich Gottes verkündet hat."

Die Zeit ist erfüllt, das Reich Gottes ist nahe. Kehrt um, und glaubt an das Evangelium» (Mk 1, 15).

Alle Menschen sind berufen, in das Reich Gottes einzutreten. Dieses messianische Reich wird zunächst den Kindern Israels verkündet, ist aber für die Menschen aller Völker bestimmt»(KKK, 543).

Fünftes lichtreiches Geheimnis:
Die Einsetzung der Eucharistie

"Jesus, der uns die Eucharistie geschenkt hat."

Während des Mahls nahm Jesus das Brot und sprach den Lobpreis; dann brach er das Brot, reichte es den Jüngern und sagte: „Nehmt und esst; das ist mein Leib." (Mt 26, 26).

Indem Jesus das Letzte Abendmahl mit seinen Aposteln im Lauf des Paschamahles feierte, gab er dem jüdischen Pascha seinen endgültigen Sinn. Der Hinübergang Jesu zu seinem Vater in Tod und Auferstehung - das neue Pascha - wurde im Abendmahl vorweggenommen. In der Eucharistie wird er gefeiert. Diese vollendet das jüdische Pascha und nimmt das endzeitliche Pascha der Kirche in der Herrlichkeit des Reiches vorweg. (KKK, 1340).
(KKK bedeutet Katechismus der Katholischen Kirche)

Brigitte kannte den Lichtreichen Rosenkranz noch nicht, aber dieser Rosenkranz bewirkt, dass wir das apostolische Wirken Jesu unter den Menschen mehr betrachten und in unser Leben übertragen können. Im 1. Gesetzchen stellt sich Jesus unter die Sünder. Im 2. Gesetzchen wirkt er das erste Wunder, und seine Jünger glaubten an ihn, heißt es. Im 3., 4. und 5. Gesetzchen baut Jesus Schritt für Schritt seine Kirche auf, bis zur Einsetzung der Hl. Eucharistie, dann ging er auf den Ölberg, um zu sterben und sein Leben hinzugeben für die Sünder.

Mir fällt eine wahre Geschichte ein, was ein Rosenkranz einer Mutter bewirken kann. Ein junger Mann
vom Land, Hans, wollte in die nächste Stadt, um als
Lehrling ein Handwerk zu lernen. Seine Mutter, eine
fromme Frau, machte sich Sorgen um ihn und gab ihm
ihren Rosenkranz mit, mit der Bitte, ihn weiterhin täglich zu beten. Er versprach es ihr. Hans kam in die Stadt
zu glaubenslosen Gesellen, die ihn ins Wirtshaus und
zum Kartenspiel mitnahmen. Seine Mutter starb bald
darauf vor Kummer. Hans trug eine Zeitlang den Rosenkranz bei sich, dann dachte er, wofür habe ich ihn
noch bei mir, er zog ihn aus der Hosentasche und warf
ihn auf die Straße. Zur gleichen Zeit lebte ein Student in
der Stadt, der auch vom Land in die Stadt gezogen war,
um zu studieren. Er war auch christlich erzogen worden,
aber in der Stadt waren wenige in der Kirche, dann
praktizierte er den Glauben nicht mehr. Als er eines Tages so auf dem Gehsteig nach Hause ging, sah er einen
Rosenkranz am Rand liegen, zuerst wollte er vorbeige-
hen, aber dann hob er ihn doch auf, er wollte ihn dem
Besitzer zurückgeben, da er ihn aber nicht kannte, dachte er sich: Ich lege ihn in der nächsten Kirche zu einen
Marienaltar hin. Der Student wurde irgendwie von der
Lourdes-Statue so berührt, es war ihm, als sei Maria
lebendig hier, es zwang ihn in die Knie. Er fing zu weinen an, ganz stark, dabei dachte er an daheim, als er in
der Familie noch den Rosenkranz betete. Als er sich
wieder erhob, wollte er gehen, aber eine innere Stimme

sagte, bevor du gehst, bete noch einen Rosenkranz. Da betete er innig den Rosenkranz und betrachtete im Geheimnis des schmerzhaften Rosenkranzes das Leiden Christi, dass er für unser Heil so gelitten hat. Diese Stimme, er wusste, dass es die Muttergottes Stimme war, die zu ihm sagte: Werde Priester, du bist zum Priester bestimmt, darauf antwortete er, „ja, ich will Priester werden." Er studierte lange und wurde zum Priester geweiht, zuerst Kaplan, dann zum Krankenhausseelsorger. Eines Tages wurde er zu einem Mann gerufen, der dem Tode nahe war, aber nichts von Kirche oder Gott wissen wollte, die Sakramente verweigerte, denn er war von der Kirche ausgetreten. Der Priester betrat das Krankenzimmer und der Kranke rief, er solle gleich wieder verschwinden, bei ihm habe er kein Glück. Der Priester sagte: „Darf ich neben Ihnen stillsitzen und den Rosenkranz beten?"

Da rief der Kranke laut, nur das nicht, der Rosenkranz ist schuld an meinem Elend. Der Priester fragte: „Erzählen Sie mir warum?" Da erzählte der Kranke von seiner Mutter, die vor Gram gestorben ist und er den Rosenkranz seiner Mutter weggeworfen hat und seither kein Glück und keinen Frieden mehr habe. Da erkannte der Priester, dass es sein Rosenkranz war, den er weggeworfen hatte, er fragte: „Würden Sie den Rosenkranz wiedererkennen?" Er sagte „Ja", da zeigte ihm der Priester den Rosenkranz. Da rief der Kranke: „Ja, das ist er, der Rosenkranz meiner Mutter." Er weinte und küsste den Rosenkranz. Der Kranke war dann bereit zur Beichte und Kommunion, aber die durfte er noch nicht empfangen. Der Priester erledigte seine Wiederaufnahme in die Kirche und brachte ihm am nächsten Tag die Hl. Kommunion. Der Priester sagte: „Der Rosenkranz hat Ihnen nicht Unglück gebracht, sondern Freude und das ewige Leben, und mir hat er das Priestertum gebracht, dadurch kann ich viele Seelen durch die Sakramente retten. Dank sei Gott."

9. HOCHSCHÄTZUNG DER PRIESTER UND ORDENSLEUTE

Brigitte schätzte die Priester und Ordensschwestern, besonders P. Wolfgang, der sie im letzten Monat ihres Lebens begleitete, lange an ihrem Bett saß und ihre Fragen beantwortete. Z. B. sagte sie zu ihm: *„P. Wolfang, schämen Sie sich nicht wegen Ihres Habits, denn die Leute achten Sie mehr als wenn Sie in Zivil auf die Straße gehen, und bleiben Sie ein guter Priester."*

Das war für Brigitte ein großes Anliegen, die Reinheit und Heiligkeit der Priester. Der Schweizer Priester Pfr. Mader schreibt in seinem Buch: *„Wenn der Priester nichts mehr tun kann, wenn seine Arbeit fruchtlos war, bleibt ihm nur noch eines übrig. Er soll ein Heiliger werden."* Der Priester soll vorleben, was er predigt. Das ist leicht gesagt. Heute haben wir wenige Priester, die sehr überfordert sind, darum sollen wir für sie beten. Maria bittet auch immer um das Gebet für unsere Hirten.

Brigitte hat das auch bald erkannt und für sie gebetet und gelitten. Sie war auch selbstkritisch, daher ging sie oft zur Beichte, so auch im Rahmen der Krankensalbung, legte sie ihre letzte Beichte ab. Sie machte sich klein vor Gott und man merkte, dass sie immer reifer, geduldiger, liebender und friedlicher wurde, denn es gab auch unter den Geschwistern manchen Streit, aus Eifersucht usw. Ich muss sagen, dass ich wenig davon merkte. Ihr ging es immer wieder um die persönliche Liebe zu Jesus. Jemand sagte einmal: im Leben eines Heiligen gibt es viele Bekehrungen.

Wie ehrfurchtsvoll musste sie den St. Anna Schwestern zugehört haben, wenn sie diese im Chor beten und singen hörte, sodass sie den Wunsch äußerte, auch so eine Ordensschwester zu werden.

Wie schon erwähnt beeindruckten Brigitte P. Pio und dessen Wundmahle und Wunder, die er wirkte. Die kleine Hl. Theresia, mit ihrem kleinen Weg, die alles aus Liebe tat, obwohl sie ohne Wunder oder mystische Erlebnisse, *„Groß in der Liebe und klein vor Gott"* war, wie Brigitte viel leiden musste, damit die Priester und Missionare Erfolg hatten.

Der Hl. Paulus konnte sagen: *„Ich lebe, aber nicht mehr ich, sondern Christus lebt in mir"*, (Gal 2, 20). Jesus, innen und außen! Der echte Christ ist eine Monstranz Christi, aus dem man die Liebe Gottes spüren kann und der das Licht von oben ausstrahlt. *„Wer mein Fleisch isst und mein Blut trinkt, der bleibt in mir und ich bleibe in ihm"*, so spricht der Herr, unser Erlöser, Retter und Heiland.

Heute ist der 25. November 2018, Christkönig Sonntag.

Ev Joh 18, 33b Jesus, der große Heilige, Sohn Gottes, Friedensfürst, König aller Könige, König der Liebe, jedes Knie muss sich beugen, jede Zunge muss bekennen: Jesus ist der Herr, der vor Pilatus bekannte: Ja, ich bin ein König, ich bin dazu geboren und dazu in die Welt gekommen, dass ich für die Wahrheit Zeugnis ablege, jeder, der aus der Wahrheit ist, hört auf meine Stimme.

Ja, Gott ist Wahrheit, der Weg und das Leben. Dieser Gott macht sich so klein, dass er in der weißen Hostie, als Brot des Lebens zu mir, zu dir kommen kann, denn er liebt mich, er liebt dich und will sich mit dir vereinen. Er ist der Heilige schlechthin, der Frieden gestiftet hat durch sein Blut. Der in der Eucharistie gegenwärtig ist und geliebt werden möchte, angebetet und verherrlicht, wie im Himmel so auf Erden.

Er hat uns zu Priestern und Königen gemacht vor unserem Gott. Wir sollen seinen Dienst und Auftrag weiterführen, mit der gleichen Liebe, wie er uns geliebt hat. Das ist Heiligkeit. Brigitte hat auch diesen Weg eingeschlagen, von frühester Jugend an hat sie nach Vollkommenheit gestrebt und ist die letzte Zeit sehr reif geworden durch das Leid, die Krankheit und Schmerzen. Das Kreuz tragen wie Jesus, gehorsam, geduldig ertragen, was eben der Herr schickt. Alle Heiligen und Seligen haben diese Erfahrung gemacht. Brigitte hat es nie bereut oder zurückgenommen.

Maria war nicht nur die leibliche Mutter Jesu, sondern auch seine erste Jüngerin, die Jesus nachfolgte, dadurch hat sie Jesus auch zur Königin der Himmels und der Erde erhoben, als die prächtigste Fürsprecherin, dies alles hat Brigitte schon früh erkannt und sich ihr geweiht. Heute (Christkönig Sonntag) hat Brigitte ihren 49. Sterbetag. Darum habe ich für sie eine Hl. Messe lesen lassen, die mich sehr ergriffen hat, weil ich die Melodie von Brigittes Lieblingslied hörte: *„Ja wenn die Heiligen auferstehen, ja wenn die Heiligen auferstehn, dann lass mich auch dabei sein ..."*

In der Predigt von Pfr. Mahler sagte er zum Schluss, dass wir nicht zum Spaß im Himmel sein werden, sondern zur Freude, denn Gott liebt es, bei den Menschen zu wohnen und sich über uns, seine Geschöpfe, zu freuen und über alle, die im Himmel sind, zu freuen. Brigitte ist schon in dieser Freude, mit den Engeln und allen Heiligen sich zu freuen. Der Apostel Paulus schreibt von einem Kranz, der schon für uns bereit liegt. Maria, unsere Königin, hat einen Kranz von 12 Sternen auf ihrem Haupt und der Mond ist zu ihren Füssen, sie ist ja die Schlangenzertreterin, sie, die sagt, *„ich bin die Magd des Herrn, mir geschehe wie du gesagt hast."* Jetzt ist sie unser aller Königin, der ich mich weihe auf ewig. Heute habe ich meine Gelübde erneuert. Die Gelübde der Armut, des Gehorsams und der Keuschheit.

Maria, hilf mir, dass ich sie treu befolge und darin treu verharre. Amen.

Am Schluss der Messe wurde dieses Lied gesungen:
1.) O du mein Heiland, hoch und hehr,
   dem sich der Himmel beuget,
   von dessen Liebe, dessen Macht,
   die ganze Schöpfung zeuget.
   1-3: Christus, mein König, Dir allein schwör ich
   die Liebe lilienrein, bis in den Tod die Treue!
2.) Nicht alle Welt und ihre Pracht,
   Engel und Menschen nimmer,
   o Herr mich scheidet nichts von Dir.
   Dein eigen bleib ich immer.
   Christus, mein König, ….
3.) Du nur allein lebst nun in mir,
   brennst mir in Herz und Händen,
   lass mich entflammen alle Welt
   mit Deinen Feuerbränden.
   Christus, mein König …

Wozu brauchen wir die Kirche, die Priester und Ordensleute? Wer hat die ganze Institution aufgebaut und erhalten? Der Hl. Paulus gibt uns Auskunft über alle Fragen im Epheserbrief 3, 15:

„Um die Liebe Christi zu verstehen, die alles Erkennen übersteigt. So werdet ihr mehr und mehr von der ganzen Fülle Gottes erfüllt. Er aber, der durch die Macht, die in uns wirkt, viel mehr tun kann als wir erbitten und uns ausdenken. Er werde verherrlicht durch die Kirche und durch Christus Jesus in allen Generationen für ewige Zeiten. Amen."

Eph 4,4: Ein Leib und ein Geist, ein Herr, ein Glaube, eine Taufe, ein Gott und Vater aller, der über allem und durch alles und in allem ist …

Wir wollen uns von der Liebe geleitet an die Wahrheit halten und in allem wachsen, bis wir ihn erreicht haben. Er, Christus, ist das Haupt. Durch ihn wird der ganze Leib zusammengefügt und gefestigt in jedem einzelnen Gelenk. Jedes trägt mit der Kraft, die ihm zugemessen ist. So wächst der Leib und wird in Liebe aufgebaut.

Jeder, der an ihn glaubt, empfängt Vergebung der Sünden durch seinen Namen.

Jesus ist unserer Übertretungen wegen dahingegeben und unserer Rechtfertigung wegen auferweckt worden. Apg 10, 43, Röm 4,25

Also ist jetzt keine Verdammnis für die, welche in Christo Jesu sind.

Ihr habt ewiges Leben, die ihr glaubet an den Namen des Sohnes Gottes. Röm 8,1, 1 Joh 5, 13

Aus dem Evangelium nach Johannes 6, 47 -51.

In jener Zeit sagte Jesus: *„Amen, amen, ich sage euch. Wer glaubt hat das ewige Leben. Ich bin das Brot des Lebens. Eure Väter haben in der Wüste das Manna gegessen und sind gestorben. So aber ist es mit dem Brot, das vom Himmel herabkommt: Wenn jemand davon isst, wird er nicht sterben. Ich bin das lebendige Brot, das vom Himmel herabgekommen ist. Wer von diesem Brot isst, wird in Ewigkeit leben. Das Brot, das ich geben werde, ist mein Fleisch. Ich gebe es hin für das Leben der Welt. "*

Papst Johannes Paul II: *„Ihr Gläubigen alle, entdeckt das Geschenk der Eucharistie neu als Licht und Kraftquelle für euer tägliches Leben in der Welt, in der Ausübung der jeweiligen Berufe und in Kontakt mit verschiedensten Situationen. "*

Wie wir sehen, hat Brigitte aus dieser Kraft und Lichtquelle getrunken und ist erleuchtet worden, dass sie die Hl. Messe an erste Stelle setzte bei ihren 10 Punkten. Sie hat auch erkannt, dass wir Priester und Ordensleute brauchen, auch sie wollte nach St. Anna und einmal als Ordensschwester leben, weil man nur in Gemeinschaft heilig werden kann und durch den Hl. Geist über andere ausstrahlen kann. Ohne Kirche keine Sakramente, keine Taufe, keine Gegenwart Gottes in der Eucharistie, kein ewiges Leben.

Eine wahre Begebenheit fällt mir ein: Ein Bub bereitete sich auf die Erstkommunion vor und fragte seinen Katecheten: *„Ist da wirklich Jesus in dieser Hostie zugegen, es schaut nach der Wandlung genauso aus wie vorher? Ich kann es nicht glauben."* Da sagte der Priester: *„Schau, dein Vater ist Chemiker, nehmen wir an, er nimmt ein Stück Brot und bestrahlt es mit Nuklearstrahlen, nachher schaut es genauso aus, würdest Du es essen?"* Der Bub sagte: *„Nein, denn es ist nachher giftig und ich müsste sterben."* Jesus: *„Das Brot, das ich gebe, ist für das Leben der Welt."*

Also gibt uns die Eucharistie ewiges Leben. Die Nuklearbestrahlung den Tod, außer es wird in kleiner Dosis für medizinische Zwecke verwendet.

Die Eucharistie bereitet uns auch einen Platz dort oben, in der Ewigkeit, weil sie das Brot vom Himmel ist. Sie kommt von dort, sie ist die einzige Materie auf dieser Erde, die wahrhaft den Geschmack der Ewigkeit trägt. Sie ist mit einem Wort das Unterpfand des ewigen Lebens. Nicht nur eine Verheißung, sondern ein Unterpfand, als eine konkrete Vorwegnahme dessen, was uns geschenkt werden wird. Die Eucharistie ist die Reservierung des Paradieses, sie ist Jesus, Wegzehrung auf unserem Weg zum glückseligen Leben, das niemals enden wird. Eucharistie ist pulsierendes Herz der Kirche.

Brigitte hat diese Anziehungskraft der Hl. Eucharistie gespürt, daher verlangte sie immer wieder danach, sie bekam auch die große Gnade, die Hl. Kommunion im letzten Monat täglich zu empfangen. Ohne Priester, ohne Kirche, ohne das Sakrament der Priesterweihe, keine Weitergabe der Wandlungskraft der heiligen Gestalten: *„Mein Leib ist eine wahre Speise, mein Blut ist ein wahrer Trank."*

Aus eigener Erfahrung kann ich bestätigen, dass ich die ganze Kraft und das Licht für meinen Glaubensweg aus der Quelle der Hl. Eucharistie, tgl. Kommunion, Hl. Messe, tgl. Schriftlesung, Leben nach dem Evangelium geschöpft habe, daher wurde mir auch die Berufung zum Ordensstand geschenkt, nach einem 53-jährigen Ehe- und Familienleben.

Beim Krankenhausaufenthalt nach Brigittes Operation, bei der ihr der linke Arm abgetrennt wurde, hatte sie bei Nacht trotz Schmerzmittel heftige Schmerzen. Da fand ich ein Buch auf ihrem Krankentisch, das Brigitte von ihrer Taufpatin Angela bekam. Das Buch hatte den Titel „Brigitte, die Stewardess", es war eine Lebensbeschreibung eines jungen Mädchens, die ihren Beruf als Stewardess beschrieb und dabei ihre Erlebnisse und Abenteuer. Es war sehr spannend, aber ohne geistlichen Inhalt. Dabei ist bemerkenswert, dass ich die Kraft bekam, die ganze Nacht zu lesen, sodass Brigitte durch das Vorlesen von ihren Schmerzen abgelenkt wurde und so die erste Nacht besser überstand. Die ganze Zeit mit ihr im Krankenhaus bleibt für mich unvergesslich.

Jesus sandte seine 12 Apostel in die ganze Welt hinaus, bei Mk 16, 14f heißt es:

„Später erschien Jesus den Elf selbst .... Dann sagte er zu ihnen, geht hinaus in die ganze Welt und verkündet das Evangelium der ganzen Schöpfung. Wer glaubt und sich taufen lässt wird gerettet, wer aber nicht glaubt, wird verurteilt werden. Und durch die, die zum Glauben gekommen sind, werden folgende Zeichen geschehen: In meinem Namen werden sie Dämonen austreiben .... und die Kranken, denen sie die Hände auflegen, werden gesund werden."

Wie wichtig für Gott das Zeugnis der Apostel und Ordensleute ist, das erkennen wir aus einem Bericht der Hl. Faustina von Polen. Der Herr zeigte ihr in einer Vision vor der Gelübde-Erneuerung im Konvent: Sie sah eine Waage mit 2 Schalen, auf einer Schale lag ein zweischneidiges Schwert und war ganz unten, auf der anderen lag nichts und war ganz oben. Nach der Gelübde-Erneuerung waren die 2 Schalen auf gleicher Höhe. Jesus ließ sie damit wissen, dass durch die Gelübde wieder Ausgleich geschaffen wurde. Immer wieder haben die Heiligen den Zorn Gottes, das Gericht, wieder abgewendet.

Gott spricht zu uns durch das Wort Gottes und aus den Heiligen, die das Wort Gottes durch ihr Leben bezeugt haben. Auch durch Brigittes Leben will uns Gott etwas sagen.

Er will sagen, dass er uns liebt, dass er die Rettung aller Menschen will und uns durch seine Hingabe aus Liebe, zu unserem Heil ist er Mensch geworden, dass wir Menschen vergöttlich werden und zur Vereinigung mit ihm gelangen. Nur die Liebe rettet, heilt, befreit und hilft.

Lk 10, 21-24.

In jener Stunde rief Jesus, vom Heiligen Geist erfüllt, voll Freude aus: „Ich preise dich, Vater, Herr des Himmels und der Erde, weil du all das den Weisen und Klugen verborgen, den Unmündigen aber offenbart hast. Ja, Vater, so hat es dir gefallen."

Mir ist von meinem Vater alles übergeben worden; niemand weiß, wer der Sohn ist, nur der Vater, und niemand weiß, wer der Vater ist, nur der Sohn und der, dem es der Sohn offenbaren will. Jesus wandte sich an die Jünger und sagte zu ihnen allein: „Selig sind die, deren Augen sehen, was ihr seht. Ich sage euch: Viele Propheten und Könige wollten sehen, was ihr seht, und haben es nicht gesehen, und wollten hören, was ihr hört, und haben es nicht gehört."

Auf Brigitte kann auch diese Schriftstelle angewandt werden, sie gehörte nicht zu den Klugen und Weisen, sondern zu den Unmündigen, zu den Niedrigen, zu den Schwachen, Bedrängten, das was nichts ist. Gerade jene werden auch in seiner Herrlichkeit an seiner Macht teilnehmen dürfen.

Der Hl. Paulus schreibt uns, dass uns nichts von der Liebe trennen kann, weil er es selbst gelebt und erlebt hat.

Röm 8, 31f

Was ergibt sich nun, wenn wir das alles bedenken? Ist Gott für uns, wer ist dann gegen uns?

32 – Er hat seinen eigenen Sohn nicht verschont, sondern ihn für uns alle hingegeben - wie sollte er uns mit ihm nicht alles schenken?

Röm 8, 38

Denn ich bin gewiss: Weder Tod noch Leben, weder Engel noch Mächte, weder Gegenwärtiges noch Zukünftiges, weder Gewalten.

39 – der Höhe oder Tiefe noch irgendeine andere Kreatur können uns scheiden von der Liebe Gottes, die in Christus Jesus ist, unserem Herrn.

Auch Brigitte konnte nichts von der Liebe Gottes scheiden, keine Schmerzen, keine Hoffnungslosigkeit, Einsamkeit, Dunkelheit, weil sie wusste, Gott wird alles auch schon jetzt in Freude und Liebe verwandeln, er wird unsere Tränen abtrocknen. Die Liebe glaubt alles, hofft alles, hält allem stand.

Die redemptoristische Familie hat schon viele Selige und Heilige hervorgebracht, z. B. unsere Ordensgründer Sr. M. Celeste Crostarosa und der Hl. Alfons von Liguori, Clemens Maria Hofbauer,

seliger P. Kaspar Stanggassinger usw.

Bernhard Häring hat ein Buch herausgegeben vom Hl. Alfons von Liguori *„Jesus lieben lernen"*.
Herder Verlag

1. Teil Gnade und Anruf der Liebe:

Die Heiligkeit des Menschen besteht ganz und gar in der Liebe zu Christus, unserem Gott, unserem höchsten Gut, unserem Erlöser. Wer ihn liebt, sagt Jesus Christus selbst, ist der Liebe des Vaters gewiss. „Der Vater selbst liebt euch, da ihr mich geliebt habt." (Joh 16, 27).

Der Hl. Franz von Sales sagt:

„Manche sehen die Vollkommenheit in einem strengen Leben, andere im Beten, im häufigen Empfang der Sakramente oder im Almosen geben. Doch sie täuschen sich. Die Vollkommenheit besteht darin, Gott aus ganzem Herzen zu lieben."

Schreibt doch der Apostel Paulus: *„Vor allem habt die Liebe, sie ist das Band der Vollkommenheit."* (Kol 3, 14). *Die Liebe vereint und erfüllt alle Tugenden, die den Menschen vollkommen machen.* Darum sagt der Hl. Augustinus: *„Hab die Liebe und tu, was du willst. Liebe Gott wahrhaftig und tu aus der Kraft dieser Liebe, was du willst. Dem Menschen, der Gott liebt, gereicht alles zum Besten."*

Die Liebe ist gütig.

Der Geist der Freundlichkeit und Güte gehört zum Wesen Gottes. Darum kann von der göttlichen Weisheit gesagt werden, *„an mich denken ist süßer als Honig"* (Sir 24,20). Daraus folgt, dass die von der Liebe Gottes ergriffene Seele alle liebt, die Gott liebt, sie alle sind unsere Nächsten.

Brigitte war so ein Menschenkind, das alle liebte und alle retten wollte bis zur Hingabe ihres Lebens. *„Niemand hat eine größere Liebe als der, der sein Leben gibt für die Freunde."* Das sind die Heiligen, ohne Priester, ohne Ordensleute, ohne Kirche gäbe es keine

Heiligen. Jesus hat diese Kirche gegründet durch den Hl. Geist, der auf die Apostel zu Pfingsten herabkam.

Jesus hat die Apostel nur ein einziges Gebet gelehrt, kein einziges Wort geschrieben, damit hat er nur die Ehre des Vaters gewürdigt und verherrlicht. Es muss darum das Vaterunser das allerwichtigste Gebet sein und um die wichtigsten Anliegen und Dinge bitten. Die ersten drei Bitten sind an den Vater gerichtet und die anderen vier Bitten sind die Sakramente, die uns helfen, heilig zu werden. Insgesamt sind es also sieben Sakramente:

1. Priestertum – Priesterweihe
2. Bitte um die Taufe – eintauchen in Christus
3. Der Liebe Gottes, Ehe, Bund
4. Der Eucharistie, Brot vom Himmel
5. Der Buße – Beichte – Versöhnung mit Gott
6. Der Firmung – Festigung – Stärkung
7. Der Krankensalbung – Schutz und Trost für den Hinübergang aus diesem zeitlichen Leben in die Ewigkeit, ewiges Leben bei Gott

In der 3. Vaterunser-Bitte heißt es: *„Dein Wille geschehe, wie im Himmel so auf Erden. "*

Im Himmel ist es so wunderbar, weil alle erkennen (im Schauen), dass Gott nur Glück und Freude und Herrlichkeit will. Darum tun alle aus innerem Antrieb den Willen Gottes. Und dieser Wille Gottes ist die Liebe. Ein christlicher Arzt hat einmal geschrieben: *Unsere einzige Aufgabe auf Erden ist es, die Manieren für den Himmel zu erlernen.*

Diese Manieren für den Himmel hat Brigitte in ihren 10 Punkten angeführt, die notwendig sind, um in den Himmel zu kommen. Sie hat sie nicht nur angeführt, sondern in ihrem kurzen Leben ins tägliche Leben übersetzt, ja auch gelebt. Wie Jesus auch das „Vaterunser" nicht nur gebetet hat, sondern uns auch vorgelebt hat. *„Wer mein Jünger sein will, der nehme täglich sein Kreuz auf sich und folge mir nach. "*

Ein wesentlicher Aspekt unserer Nachfolge ist es, dem Willen Gottes für unser Leben zu entsprechen. Bei gewissenhafter Prüfung führt dies den einen dazu, eine Familie zu gründen bzw. einen geistlichen Beruf anzustreben. Die Heiligen sind dabei Meister, so schreibt

Pfr. Hubert Hintermaier in seinem Büchlein *„Bund der Hingabe"*.

So schreibt auch Brigitte in ihrem Gebet an die Mutter des Erlösers: *... Dir werden alle Seelen anvertraut die guten Willens sind. Eine von denen will auch ich sein und meiner Mutter ewig treu sein!*

Wenn wir auf Jesus schauen, wie er gebetet und vorgelebt hat, am Ölberg nach dem Abendmahl, als er das Brot nahm, dankte und sprach: *„Das ist mein Leib, der für euch hingegeben wird zur Vergebung der Sünden."* Nachdem er die Eucharistie einsetzte ging er zum Ölberg und sprach: *„Vater, wenn es möglich ist, so lass diesen Kelch an mir vorübergehen. Aber nicht wie ich will, sondern wie Du willst."*

Der Hl. Paulus schreibt im Brief an die Hebräer 10,5: *Brüder, bei seinem Eintritt in die Welt spricht Christus: Schlacht- und Speiseopfer hat du nicht gefordert, doch einen Leib hast du mir geschaffen, an Brand- und Sündopfern hast du keinen Gefallen. Da sagte ich, ja, ich komme – so steht es über mich in der Schriftrolle – um deinen Willen, Gott, zu tun. Ja, ich komme deinen Willen zu tun. Auf Grund dieses Willens sind wir durch die Opfergabe des Leibes Jesu Christi ein für alle Mal geheiligt.*

Gott hat jeden Menschen den freien Willen geschenkt, so hat auch Brigitte aus freiem Willen ihr Leben hingegeben, damit viele gerettet werden, die ihren eigenen Willen suchen.

Maria hat auch schon in jungen Jahren aus freiem Willen „*Ja*" gesagt zum Plan Gottes, der ihre Pläne durchkreuzte. „*Siehe, ich bin die Magd des Herrn, mir geschehe nach deinem Wort.*"

Ihr „*Ja*" ermöglichte, dass Gott Mensch geworden ist und unter uns lebte. Dazu hat er die Eucharistie eingesetzt, um bei uns zu bleiben bis zum Ende der Welt. „Geheimnis des Glaubens"

Brigitte hat schon früh begriffen, was Gott will, wir lesen in ihren Gedichten:

Wer weiß schon, was er will,
man ist wie der April.
Doch Gott, der weiß bestimmt,
ganz sicher, was er will.
Er ist ja auch gescheiter als so ein Menschenkind.
Rosen sind Zeichen der Liebe,
doch pass auf,
dass dich keine Dorne sticht,
denn so ein Stich im Herzen,
sind ausgesprochene Schmerzen.

Brigitte hat sie im Krankenhaus geschrieben.

Sie kennen alle das Lied:

1. *Herr, wie Du willst, soll mir geschehen,*
   und wie Du willst, so will ich gehen,
   hilf, Deinen Willen nur verstehn.

2. *Herr, wann Du willst, dann ist es Zeit,*
   und wann Du willst, bin ich bereit,
   heut und in alle Ewigkeit.

3. *Herr, was Du willst, das nehm ich hin,*
   und was Du willst, ist mir Gewinn:
   Genug, dass ich Dein Eigen bin.

4. *Herr, weil Du's willst, so ist es gut,*
   und weil Du's willst, drum hab ich Mut.
   Mein Herz in deinen Händen ruht.
   Herr, weil Du's willst, drum ist es gut.

Die Hl. Brigitta von Schweden sagte einmal im Gebet zu Gott: *„Herr, weise mir deinen Weg und mache mich willig ihn zu gehen."* Sie lebte im 13. Jahrhundert und schrieb die 15 Geheimen Leiden Jesu Christi, die ihr der Herr in Rom in der Kirche St. Paulus offenbarte. Jesus versprach, wenn jemand diese ein Jahr lang täglich betete, werden 15 Seelen aus seiner Verwandtschaft erlöst,

15 Gerechte aus seiner Verwandtschaft werden die Gnade der Beharrlichkeit erlangen und 15 Sünder aus der Verwandtschaft werden sich bekehren. Die betende Person wird die ersten Stufen der Vollkommenheit erreichen.

Zur Hl. Faustina sprach Jesus ähnliche Verheißungen, wenn sie sein Leiden eine Stunde lang betrachte, so sei dies mehr wert, als wenn sie sich ein ganzes Jahr geißelte.

Ich zitiere Papst Franziskus, der in seinem Buch schreibt: „Die Worte Jesu mögen uns poetisch erscheinen, sie richten sich aber deutlich gegen den Strom der Gewohnheit, gegen das, was man in der Gesellschaft tut und wenn uns die Botschaft Jesu auch anzieht, treibt uns die Welt im Grunde zu einem anderen Lebensstil. Die Seligpreisungen sind in keiner Weise unbedeutend oder oberflächlich, im Gegenteil, wir können sie nur leben, wenn uns der Hl. Geist mit seiner ganzen Kraft durchdringt und uns von der Schwäche des Egoismus, der Bequemlichkeit und des Stolzes befreit.“

Auch Brigitte war durchdrungen vom Hl. Geist, vom Geist der Liebe, dass sie alle Leiden und Schmerzen geringachtete und auch gegen den Strom mit ganzer Kraft schwimmen konnte, den steileren Weg wählte. Es heißt ja in der Schrift: *„Der Geist ist willig, aber das Fleisch ist schwach."* So konnte der Hl. Paulus auch sagen. *„Wenn ich schwach bin, dann bin ich stark."* … und weiter *„Ich tue, was ich nicht will und tue nicht, was Gott will."* Das ist Heiligkeit.

Wie Brigitte sie auch schon im Kindesalter lebte, durch den Hl. Geist.

Da fällt mir eine Geschichte ein:

Der Ast.

Ein Mensch wollte einen Berg besteigen. Er wollte den Berg seines Lebens meistern. Zum Gipfel suchte er den Weg des geringsten Widerstandes. Dennoch gelangte er bei seinem Aufstieg in eine gefährliche Situation, die er nur mit viel Glück durchstand. Als er sich schon dem Gipfel nahe glaubte, rutschte er ab. Im letzten Moment konnte er einen Ast fassen und hing nun über dem gähnenden Abgrund. Der Ast begann zu brechen. In seiner Todesangst und Verzweiflung schrie er zu Gott: „Wenn es dich gibt, hilf mir!"

Da kam eine Stimme von oben: *„Schön, dass du dich an mich erinnerst. Ich bin auch bereit, dir zu helfen. Aber willst du dir überhaupt helfen lassen?"* Der Ast knickte bedenklich. *„Natürlich will ich." „Dann bist du sicher bereit, etwas zu tun, damit ich dich retten kann." „Du siehst doch wie hilflos ich bin, was kann ich denn noch tun?"* Und Gott antwortete: *„Lass den Ast los, damit ich dich auffangen kann."*

Auch Brigitte war ein Mensch voll Hoffnung. Sie hoffte gegen alle Hoffnungslosigkeit, Schwachheit, Kleinheit. Vertrauend schaute sie in die Zukunft, wenn sie das Bild betrachtete: Jesus am Kreuz, um Atem ringend, zum Vater betend, für unsere Sünden, für unser Heil sich hingebend, Barmherzigkeit und Liebe ausstrahlend. Der alles gab, um für mich und dich, durch sein Blut, Erlösung zu schaffen. Denn am Horizont strahlte schon das Osterlicht der Auferstehung. Brigitte glaubte der Schrift, in der Jesus auch denen das Heil verspricht, die an ihn glauben, dass er der Weg, die Wahrheit und das Leben sei.

Brigitte war ein gläubiger Mensch, vertrauend auf die Liebe und Gegenwart Gottes im Sakrament des Altares, die Gegenwart Gottes in allen Sakramenten der Kirche. Gegenwart Gottes in jedem Menschen.

Brigitte war ein Kind Mariens, die sie liebte und ihr Leben nachahmte in Wort und Tat, in Reinheit und Demut des Herzens.

Brigitte war eine Gott liebende Seele, wie es in einem Lied heißt: *„Das Höchste meines Lebens ist Dich lieben, Herr, das Höchste meines Lebens Dich preisen, loben, lieben, Herr ... "*

In ihren Briefen und Gedichten drückte sie ihre Liebe zu allen Menschen aus. Dadurch gewann sie viele Freunde und Bekannte, sie war gern in Gemeinschaft, Familie und Freundschaft.

Durch die Kinder von Fatima und Lourdes wuchs ihre Bereitschaft zur Selbstlosigkeit, Opferbereitschaft und Hingabe, Gebet und Sühnebereitschaft für die Bekehrung der Sünder.

Durch das Zeugnis vieler guter Priester und Ordensleute lernte sie im Glauben und Vertrauen auf Gottes Verheißungen sich zu stützen, hoffen und wachsen. Brigitte lernte von Jesus und Maria stets den Willen Gottes zu suchen, bekennen, erkennen und erfüllen.

„Nur wenn man das Leben und die Erde so liebt, dass mit ihr alles verloren und zu Ende zu sein scheint, darf man an die Auferstehung der Toten und eine neue Welt glauben. " (Dietrich Bonhoeffer)

„Gott braucht nicht unsere Gebete, aber wir brauchen sie, in uns wird etwas anders, wenn wir wirklich beten. Durch unser Gebet können wir uns wandeln, wir können sehender und hörender werden, wir besinnen uns auf das, was Gott von uns will. Wir werden still, starren nicht auf uns selbst, sondern bekommen einen neuen, einen weiteren Horizont. " (Otto Betz)

Bei Brigitte trifft das alles zu, bei ihr schien auch alles aus zu sein, am Ende eines jungen Lebens zu sein, keine Hilfe, nur Schmerzen, die nicht mehr erträglich schienen, von Gott und den Menschen verlassen. Nur ich, ihre Mutter, durfte bei ihr bleiben in ihrer Sterbestunde, wie Maria unter dem Kreuz Jesu blieb. Gleichzeitig durfte sie aber schon an die Auferstehung der Toten glauben, durch dieses Bild an der Wand. (Sie sehen es auf der Rückseite des Buches)

Lieber Leser und liebe Leserin, wir sehen Brigitte war ein Mensch der Auferstehung und des Gebetes, denn sie betete wirklich und aus einem ängstlichen Menschen konnte Gott einen hörenden, gläubigen, stillen und neuen Menschen machen. Sie starrte nicht auf ihre Krankheit, die Gesundheit war ihr nicht das Wichtigste, sondern der Wille Gottes. Wie bei Jesus, den Erlöser, Retter und Hirten, auf den sie ihre Hoffnung setzte.

Danke Jesus, danke Vater, danke Hl. Geist, danke Maria, unsere, ihre Mutter, ja Mutter aller Christen.

Was Brigitte im Innersten bewegte, genauso wie die Fatimakinder Lucia, Francisco und Jacinta, war die Rettung der Menschen vor der Hölle. Das war, was sie im Innersten bewegte. Sie dachte nach, was sie für die Rettung der Menschen tun könnte. Die Worte der Muttergottes trafen sie ins Herz. Sie verschlang förmlich die Bücher von Fatima.

Brigitte war eine große, nicht eine kleine Missionarin in Wort und Tat, unterstützt durch Gebet und Opfer, schenken, verzichten. Nichts war ihr zu viel, nur Seelen retten vor der Hölle war wichtig. Sie suchte die Gemeinschaft in der Jungschar, in der Schule, machte Besuche, sie brachte immer wieder die Gespräche auf Gott, das Evangelium, heute würde man sagen, sie „evangelisierte", ganz aus sich heraus mit voller Überzeugung. Die Mädchen hörten ihr gerne zu, denn die Kinder hörten zu Hause nie etwas davon, in ihren Familien wurde nicht über Gott gesprochen. Am meisten hielt sie sich bei ihrer besten Freundin Erika auf, deren Vater Kommunist war. Es war ihr sogar verboten, über Gott und Kirche etwas zu sagen. Ich habe davon schon berichtet, dass Erika sogar zur Erstkommunion gehen durfte.

Briefe oder Billets von ihrer Jungscharführerin, von Erikas Mutter, von ihrer Tante und Cousine, von Ärzten und Schulkameradinnen folgen am Schluss.

Am 13. Jänner 2019, am Fest der Taufe Jesu, war für Brigitte eine Hl. Messe aufgeschrieben, zum Dank und zur Bitte für ihre Taufe und Bitte um Seligsprechung von kirchlicher Seite. Bis zu diese Seligsprechung wird es noch lange dauern, außer es wird viel darum gebetet. Bei dieser Hl. Messe betonte der Priester auch den Wert der Hl. Taufe, durch dieses Eintauchen werden die Erbschuld abgewaschen, die Sünden vergeben und aus Heidenkindern Gotteskinder gemacht. Erben des Himmels, Söhne und Töchter des Ewigen Vaters. Dabei dachte ich mir, hätte Brigitte die Taufe nicht empfangen, wären viele Menschen verloren gegangen, denn ohne Brigittes Zeugnis und Hingabe, Liebe zu Gott und den Mitmenschen, hätten viele den Weg zu Gott nicht gefunden. Sie war eine kleine Missionarin und Opferseele, der es nicht gleichgültig war, ob Gott geliebt wird oder abgelehnt wird. Möge Brigitte vom Himmel her ihre Mission fortsetzen und für uns bitten und beten, dass vielen die Gnade des Glaubens, der Hoffnung und der Liebe geschenkt werde.

Gott, der uns alle liebt, segne alle, die diese Zeilen lesen und annehmen, denn Brigitte hat uns vorgelebt, was sie glaubte, hoffte und liebte. Der Name Gottes sei durch ihr Leben, ihren Glauben, gepriesen und verherrlicht in Ewigkeit. Amen!

„Gottes Wege führen oft ins Dunkel, sie enden aber immer im Licht", so schrieb Brigitte auf eine Karte für Johanna. Danke, Brigitte, und Gott möge dir die ewige Freude, den Frieden und die Gemeinschaft mit ihm schenken. Auf ein baldiges Wiedersehen, deine Mutter Sr. M. Faustine!

Hier folgen Briefe und Billets von Verwandten und Freunden, die Brigitte persönlich kannten und liebten und die noch erhalten blieben:

Elisabeth, Jungscharführerin: Laxenburg 7.12.1975

Liebe Familie Zweimüller!

So gerne möchte ich Ihnen schreibe und hoffe dabei, dass Sie sich darüber ein bisschen freuen und nicht traurig werden.

Letztes Wochenende war ich in Ried, da erfuhr ich von Brigittes Tod. Ich war sehr traurig darüber.

Ich kannte Brigitte von der Jungschar aus und habe sie sehr lieb gewonnen. Ihr ruhiges, scheues, liebes Wesen hat mich sehr angesprochen. Sie können sehr stolz auf Ihr tapferes Mädchen sein.

Liebe Grüße in herzlichem Gedenken ....

Dr. Gelej, Chirurg

Landes-Kinderkrankenhaus Linz, 30. XI.75

Liebe Familie Zweimüller!

Erschüttert las ich die Nachricht vom Abschied unserer Brigitte, die ich als ihr Arzt sehr lieb gewonnen habe. Ich möchte mein aufrichtigstes Beileid Ihnen mitteilen und Sie - wenn möglich – damit zu trösten versuchen, dass nichts geschieht ohne Gottes Wille. Und sein Wille ist für uns vollkommen unverständlich, auch wenn wir Menschen uns auch noch so bemühen, etwas zu erreichen.

Ich denke sehr viel an Sie und bin sehr traurig über dieses Schicksal!

Ich danke Ihnen, dass Sie mich verständigt haben, und erlauben Sie mir bitte noch einmal mein tiefstes Beileid auszusprechen.

Ihr Dr. Gelej

Eine Spruchkarte von Brigittes Lehrerin und Schulkameradinnen zitiert einen Gedanken von H. Dannenbaum:

Der so viel Jahre Weg und Bahn gemacht,
wird auch die neue Strecke Wegs dich leiten.
Der über so viel Freud und Leid gewacht,
wacht über dir in alle Ewigkeiten.

Billet der Mutter ihrer Freundin Erika:

Liebe Frau Zweimüller! Lieber Herr Zweimüller!

Wir möchten Ihnen jetzt viel lieber stumm die Hand drücken als diese Zeilen schreiben, denn was vermögen Worte in so übergroßem Schmerz.

Die Tage, die Brigitte bei uns war, werden wir nie vergessen.

In tiefem Mitgefühl

Billet einer Bekannten:

Darf ich Ihnen allen meine tiefe Anteilnahme an Ihrem schweren Leid ausdrücken? Ich weiß, dass es kein menschliches Wort des Trostes gibt. Möge Ihnen aber unsere Mutter im Himmel Trost und Kraft schenken, in der gläubigen Hoffnung, dass Brigitte alles Glück und Freude gefunden hat, die wir nur ahnen und erstreben können.

Sie war sehr gut – und Gott hat sie früh vollendet. Wir haben sie alle gern gehabt – und empfinden mit Ihnen alle Trauer um sie.

Ihre Trude H.

Persönliches Zeugnis ihrer Cousine:

Mein Name ist Maria Anna Mitterbucher, geb. Zwei-müller, geb. 23.4.1949 und ich bin eine Cousine von Brigitte.

Ich erinnere mich noch genau an dieses Kind mit einer ganz besonderen Ausstrahlung.

Wenn ich sie besuchte und ihren amputierten Arm sah, war mir zum Weinen zumute, doch sie war trotzdem fröhlich und strahlte eine ganz besondere Weisheit für ihr Alter aus. Ihr ganzes Wesen war besonders liebenswert und sie hat nie geklagt.

Einfach ein wunderbarer Mensch!

Eines möchte ich noch erwähnen, und zwar Brigittes Vertrauen auf die geweihte Wundertätige Medaille, die Brigitte stets mit vielen anderen an einem Ketterl am Hals trug. Darunter waren eine Herz-Jesu-Medaille, eine Schutzengel-Medaille, eine Medaille von P. Pio, der die Wundmale trug, eine vom Hl. Erzengel Michael, es war ein Kreuz darunter, soweit ich mich erinnern kann. Sogar im Krankenhaus bewunderten alle ihr Ketterl mit den vielen Anhängern. Brigitte schämte sich nicht dafür, sie hatte keine Menschenfurcht. Sie dachte sich nicht, was werden die Leute sagen, wie sich heute die meisten schämen über Heiligen Medaillen und lieber dafür heidnische Glücksbringer oder esoterische Dinge, egal wie sie aussehen, umhängen. Man darf die Wundertätige Medaille nicht wie einen Talisman tragen, sondern man muss sie voll Vertrauen auf die Fürsprache der Reinen Makellosen Jungfrau Maria tragen. Diese ist von Maria selbst entworfen worden und bestellt. Die Muttergottes hatte der Novizin Catherine Labouré im Kloster der Vinzentinerinnen zu Paris ein Modell der Medaille gezeigt und bat sie, diese prägen zu lassen. *„Die Strahlen, die von meinen Händen ausgehen"*, erklärte die Gottesmutter *„sind ein Sinnbild der Gnaden, die ich jenen vermitteln werde, die vertrauensvoll die Medaille tragen."* Auf dieser Seite war eine Schrift am Rand der Medaille *„O Maria, ohne Sünde empfangen, bitte für uns, die wir zu Dir unsere Zuflucht nehmen."* Auf der anderen Seite steht in der Mitte ein großes M, das mit einem Kreuz verbunden ist, darunter zwei Herzen, eines mit einem Schwert durchstochen, das andere mit einer Lanze durchstochen, alles mit einem Kranz von zwölf Sternen umgeben.

Sr. Catherine sah noch ein Bild, die Muttergottes stand auf einer Weltkugel, auf der sich eine Schlange wand. Damit wird offensichtlich Bezug genommen auf das 1. Buch der Bibel, das Buch Genesis (3, 15), wo Gott zur Schlange spricht: *„Feindschaft will ich setzen zwischen dir und der Frau und zwischen deinen Nachkommen und ihren Nachkommen, sie wird dir den Kopf zertreten.“* An den Fingern trug die Gottesmutter herrliche Ringe, von deren Edelsteinen gingen leuchtende Strahlen aus, dass die ganze Gestalt Mariens in hellstes Licht gehüllt wurde. Sie erklärte: *„Die Strahlen sind das Sinnbild der Gnaden, die ich über all jene ausgieße, die mich darum bitten, wie ich schon vorher erwähnte.“* Schon in den ersten 10 Jahren wurden schätzungsweise 80 Millionen Medaillen geprägt und weithin verbreitet. Schon in den ersten Jahren geschahen viele Wunder und Bekehrungen.

(Entnommen aus dem Bericht der Legio Mariens, Senatus von Österreich)

In diesem Zusammenhang fällt mir eine wahre Begebenheit ein, die ich im Radio Maria in einem Vortrag gehört habe. Ich möchte sie soweit wie möglich nacherzählen. Sie geschah schon 1944 und wurde von dem Gefängnisseelsorger 1960 erst veröffentlicht, weil er es selbst erlebt hat. Es spielte sich in den USA ab, in einem Sicherheitsgefängnis, wo die zum Tod Verurteilten auf ihre Hinrichtung warteten. (Namen wurden geändert) Ein katholischer Priester machte dort Gefängnisseelsorge. Er ging eines Tages hin und verteilte Wundertätige Medaillen an die Gefangenen, aber keiner wollte eine nehmen, außer einem namens Cloth, er war erst 19 Jahre alt und freute sich sehr darüber, er hängte sie sich gleich um den Hals und küsste sie. In der Nacht erschien ihm die Muttergottes und sagte: *„Cloth, wenn ich dir helfen soll, dann musst du einen katholischen Priester kommen lassen und bei ihm beichten.“* Er ließ sofort in der gleichen Nacht den Priester holen, beichtete bei ihm und erzählte ihm sein Leben. Cloth wuchs bei seiner Großmutter auf, er kannte keine Eltern, wie es bei den Einwanderern üblich war, verloren viele Kinder ihre Eltern durch Überfälle oder andere Vorfälle. Als er aus der Schule kam, konnte er keine andere Arbeit finden als auf einem Bauernhof, er war nicht sehr begabt, darum wurde er verspottet, ausgelacht, gedemütigt und gemobbt. Als einmal ein Streit mit Rauferei zwischen ihm und dem Besitzer ausbrach, starb der Besitzer durch einen Unglücksfall und so wurde Cloth verhaftet und zum Tod durch den Elektrostuhl verurteilt. Der Priester sagte zu ihm: *„Cloth, du hast gut gebeichtet und bereut, du kommst gleich in den Himmel, wenn du stirbst.“* Da freute er sich, *„dann kann ich immer bei der Gottesmutter Maria sein, sie ist so, so schön"*, sagte er. Als sich der Tag seiner Hinrichtung näherte, da feierte er mit seinen Mithäftlingen ein Fest, wünschte sich ein gutes Essen mit Eiscreme und hatte große Freude, denn er dachte, bald bin ich im Himmel. In letzter Minute bevor der Strom eingeschaltet wurde, lief der Gefängnisdirektor die Stiege herauf und schrie *„nicht einschalten, er hat zwei Wochen Aufschub bekommen, weil sie die Akten nochmals überprüfen wollen."* Da wurde Cloth traurig, *„was zwei Wochen muss ich noch warten, was soll ich in diesen zwei Wochen machen?"*, sagte er zu dem Priester, der sagte: *„Cloth, kümmere dich um deine Mithäftlinge, die Muttergottes sagt ja überall, in Lourdes, Fatima und Medjugorje, ‚betet den Rosenkranz, lest die Hl. Schrift, geht zur Hl. Messe, bildet Gebetsgruppen."* Das tat Cloth, er lud die anderen zur Hl. Messe ein, sie machten Gebetskreise und beteten den Rosenkranz, alle machten mit, bis auf einen, Simson, tat nirgends mit, es half nichts, auch der Priester konnte ihn nicht umstimmen. Er hasste Gott und ließ keinen heran. Dann kam der Tag Cloths' Hinrichtung, alle weinten um ihn. Auch Simsons Tag des Abschieds kam, bis zum Schluss versuchte der Priester, es half nichts. In der letzten Nacht schrie Simson ganz furchtbar, dass die ganzen Gefangenen zusammenliefen und fragten, *„warum hast du so geschrien?"* Er sagte: *„Ich habe meinen Platz in der Hölle gesehen und das war so furchtbar, da will ich* *nicht hin. Mir ist Cloth erschienen und die Muttergottes ist hinter ihm gestanden und hat ihre Hand auf seine Schulter gelegt und Cloth sagte zu ihm, weil er seinen Tod für Simson aufgeopfert hat, so durfte Maria ihm seinen Platz in der Hölle zeigen, der für ihn schon bereitet war.* " Simson beichtete auch bei dem Priester und starb im Frieden mit Gott und den Menschen, das bewirkten die eine Wundertätige Medaille und die Bekehrung Cloths', der viele Rosenkränze noch betete, besonders den Schmerzhaften, weil Jesus sein Leben auch für ihn aufgeopfert hat. Gott hatte aus einen Mörder einen Apostel gemacht, der seinen Tod für seinen Bruder aufgeopfert hat. Dadurch konnte er viele vor der Hölle retten.

Wie die Kinder von Fatima, so auch Brigitte und viele andere, sie haben Andere durch ihr Zeugnis zum Glauben gebracht. Die Welt braucht Menschen, die den Glauben authentisch leben und durch ihr Leben Zeugnis geben für Christus, den Erlöser und einzigen Vermittler und Retter, vom Vater gesandt zu heilen, was verwundet ist, zu suchen, was verloren war und zu retten, was verirrt war. Jeder ist zum Zeugnis aufgerufen, arm oder reich, groß oder klein.

Brigitte hatte eine besondere Berufung durch ihr Sühneleiden und ihre Hingabe viele zu retten.

Es gibt aber viele Berufungen, der eine hat die Berufung zum Priestertum, andere zum Ordensleben, andere zum Leben in Familie und Gemeinschaft.

Einer sagte einmal, es gibt so viele Berufungen als es Menschen gibt.

Zum Abschluss dieses Büchleins möchte ich alle Leser und Leserinnen bitten: Wenn Sie durch die Fürbitte Brigittes ein Wunder körperlicher oder seelischer Heilung erfahren durften, so bitte ich Sie, es mir zu melden.

Allen wünsche ich Gottes Segen und Gnaden vom Herrn, dem Vater, Sohn und Hl. Geist. Er behüte und beschütze Sie, sein Angesicht soll über Ihnen leuchten, dass er sich über uns allen erbarme.

Bleibe in Dankbarkeit Ihre

Schwester Maria Faustine Zweimüller

4910 Kloster St. Anna Ried i. I.

Braunauer Straße 8

Zeitfracht Medien GmbH
Ferdinand-Jühlke-Straße 7
99095 Erfurt, Deutschland
produktsicherheit@kolibri360.de